Chronique
d'une mort annoncée

Du même auteur aux Editions Grasset :

Des feuilles dans la bourrasque
Pas de lettre pour le colonel
Les Funérailles de la Grande Mémé
La Mala Hora
L'Incroyable et Triste Histoire de la candide Erendira
  et de sa grand-mère diabolique
Récit d'un naufragé
L'Automne du patriarche
Le général dans son labyrinthe
Des yeux de chien bleu
Douze contes vagabonds
De l'amour et autres démons
Journal d'un enlèvement
Vivre pour la raconter
Mémoire de mes putains tristes

GABRIEL
GARCÍA MÁRQUEZ

Chronique d'une mort annoncée

roman

Traduit de l'espagnol (Colombie)
par
CLAUDE COUFFON

Bernard Grasset
Paris

L'édition originale de cet ouvrage a été publiée en 1981, à Barcelone, par Editorial Bruguera, sous le titre :

CRÓNICA DE UNA MUERTE ANUNCIADA

ISBN 978-2-246-26744-7
ISSN 0756-7170

Gabriel García Márquez /
Chronique d'une mort annoncée

C'est en 1981 que Gabriel García Márquez publia Chronique d'une mort annoncée *et, depuis, il n'est de jour ou de circonstance où l'on ne plagie l'heureuse expression, tant fut grand le succès du roman, et légitime l'hommage ainsi rendu au prix Nobel de littérature.*

Voilà, donc, une œuvre singulière qui, tout en ressassant le monde originel d'une enfance et d'une mémoire colombiennes, se présente, brève et dense, comme une tragédie grecque. Dès les premières pages l'inéluctable destin accable un beau jeune homme innocent promis à la mort sur la dénonciation fallacieuse d'une femme répudiée au soir de ses noces, et vengée de l'outrage public par ses frères, avec la complicité ou l'impuissance de tout le village. Cet homme marqué par le sort, dont la foule – le chœur antique – chuchote l'imminence de l'exécution, est le dernier à le savoir et piétine galamment son ombre. Telle est la trame du récit, mais l'auteur de l'Automne du Patriarche *ne craint jamais de donner la dimension de la littérature à ce qui pourrait n'être qu'un simple fait divers. Alors nous assistons aux prodiges habituels, aux miracles quotidiens, phénomènes optiques ou mirages sans lesquels*

Macondo ne serait qu'un trou sur une carte perforée. Nous ne lirons donc pas ce récit comme une enquête policière – ce qu'il est malgré tout, par certains côtés –, encore moins comme un roman policier, pour la raison majeure qu'il n'y a pas ici de police, mais comme un texte latino-américain où le code de l'honneur a l'épouvantable force de la Loi. Au demeurant, le mystère reste entier : on ne saura jamais si Santiago Nasar fut vraiment l'amant secret de celle qui se présenta à son époux comme une pure jeune fille. L'auteur se promène dans ce récit, à des années de distance il rencontre l'un, il revoit l'autre, interroge, écoute, prend des notes, fait des recoupements, se souvient à son tour comme un témoin quelconque de l'affreux crime.

Et voici donc un conte plein d'aventures et de séductions où García Márquez, par la vertu de son verbe enchanteur, sauve constamment l'écrivain : c'est Shéhérazade délivrant chaque matin le bonheur d'un jour neuf. Suivons ce regard excessif, écoutons la truculence ou le détour poignant : les assassins ont des visages d'enfants, donc « capables de tout » ; la mort tombe sur la tête de Nasar comme la fiente des oiseaux dans ce songe initial et funeste que sa mère, experte à éclairer tous les rêves du village, ne sait pas déchiffrer ; le procès fleuve de ce crime est évoqué par les innombrables dossiers flottant dans l'eau des marées hautes qui envahit le palais de justice ; mais aussi tous ces feuillets dans la main du juge d'instruction présenté comme un fou de littérature, par quelque mise en abyme, évoquent sûrement les multiples brouillons de l'auteur en quête d'écriture. La mort envahit toute la ville comme ce nuage brun qui glisse sur le cadavre en voie de putréfaction. L'odeur de Santiago est partout, sur les mains de ses bourreaux, comme sur le corps des clients de la putain dont Nasar habitait le grand cœur.

Quant aux assassins, ces frères vengeurs dont la collectivité n'a rien fait pour arrêter le bras, ils ne pourront plus jamais fermer l'œil. Vingt ans après, la femme répudiée pour un hymen défloré a retrouvé l'amour de son mari revenu : pour lui, avec le temps, elle redevient vierge, et le destin, du même coup, n'en est que plus cruel... ou absurde. En définitive, nous avons là une fable illuminée par le verbe unique du grand écrivain colombien.

ALBERT BENSOUSSAN

« La chasse à l'amour est chasse de haut vol. »

GIL VICENTE.

Le jour où il allait être abattu, Santiago Nasar s'était levé à cinq heures et demie du matin pour attendre le bateau sur lequel l'évêque arrivait. Il avait rêvé qu'il traversait un bois de figuiers géants sur lequel tombait une pluie fine, il fut heureux un instant dans ce rêve et, à son réveil, il se sentit couvert de chiures d'oiseaux. « Il rêvait toujours d'arbres », me dit Placida Linero, sa mère, vingt-sept ans après en évoquant les menus détails de ce lundi funeste. « Une semaine avant, il avait rêvé se trouver seul dans un avion de papier d'étain qui volait à travers des amandiers sans jamais se cogner aux branches », ajouta-t-elle. Placida Linero jouissait d'une réputation bien méritée d'interprète infaillible des rêves d'autrui, à condition qu'on les lui racontât à jeun ; pourtant, elle n'avait décelé aucun mauvais augure dans les deux rêves de son fils, ni dans ceux qu'il lui avait racontés chaque matin, les jours qui avaient précédé sa mort, et dans lesquels des arbres apparaissaient.

Santiago Nasar non plus n'avait pas discerné le présage. Il avait dormi peu et mal, sans se déshabiller, et il s'était réveillé, la tête lourde, avec un arrière-goût d'étrier de cuivre dans le palais. Il expliqua cela par les ravages naturels de la noce effrénée qu'il avait faite la veille, jusqu'au petit matin. Les gens qu'il rencontra ce jour-là, lorsqu'il sortit de sa maison à six heures cinq avant qu'il ne fût éventré comme un cochon une heure plus tard, le trouvèrent légèrement somnolent mais de bonne humeur, il dit à chacun, sans y attacher d'importance, que c'était une très belle journée. Nul ne pouvait affirmer s'il faisait alors allusion à l'état du ciel. Nombreux étaient ceux qui se souvenaient d'une journée radieuse, rafraîchie par une brise de mer qui traversait les bananiers, comme cela aurait dû être le cas pendant un bon mois de février, en d'autres temps. Mais la plupart s'accordaient pour affirmer qu'il faisait un temps lugubre, avec un ciel bas et menaçant sur un fort relent d'eaux stagnantes, et qu'à l'instant où le malheur s'était produit il tombait une petite pluie fine semblable à celle que Santiago Nasar avait vue dans la forêt de son rêve. Personnellement, je me remettais de la bacchanale dans le giron apostolique de Maria-Alexandrina Cervantes, et c'est à peine si j'ouvris un œil en entendant le charivari des cloches qui sonnaient le tocsin, convaincu qu'elles carillonnaient en l'honneur de l'évêque.

Santiago Nasar avait revêtu un pantalon et une chemise de lin blanc non empesés, identiques à ceux qu'il arborait la veille pour le mariage.

C'était sa tenue des grands jours. N'eût été l'arrivée de l'évêque, il aurait enfilé son costume kaki et les bottes de cheval avec lesquels il se rendait tous les lundis à *El divino rostro*, l'hacienda héritée de son père et qu'il administrait avec un grand bon sens à défaut d'une grande réussite. Pour ses randonnées, il portait à la ceinture un .357 Magnum dont les balles blindées, affirmait-il, pouvaient vous fendre un cheval en deux. A l'époque des perdrix, il emmenait aussi ses faucons dressés. Dans son armoire il rangeait une Mannlicher Schœnauer en .30-06, un .300 Holland Magnum, une .22 Hornet à lunette à grossissement variable et une Winchester à répétition. Il dormait comme son père avait dormi, l'arme dissimulée dans la taie de l'oreiller, mais ce jour-là, avant de quitter la maison, il avait retiré les balles du chargeur et déposé le pistolet dans le tiroir de la table de nuit. « Il ne le laissait jamais chargé », me dit sa mère. Je le savais, et je n'ignorais pas non plus qu'il rangeait ses armes dans un endroit et cachait les munitions dans un autre, très à l'écart, afin que personne ne cédât, même par hasard, à la tentation de les charger dans la maison. C'était une sage habitude imposée par son père depuis cette matinée où une servante ayant secoué l'oreiller pour en ôter la taie, le pistolet était parti tout seul en heurtant le sol ; la balle avait démantibulé l'armoire de la chambre, traversé le mur du salon, franchi avec un tintamarre de branle-bas de combat la salle à manger de la maison voisine et réduit en poussière de plâtre un saint grandeur nature sur le maître-autel de l'église, à l'autre bout de la place. Santiago Nasar, encore très petit, n'avait jamais oublié la leçon donnée par ce désastre.

La dernière image que sa mère conservait de lui était celle de son bref passage dans sa chambre. Il l'avait réveillée alors qu'il cherchait un cachet d'aspirine dans le placard de la salle de bains, elle alluma et le vit devant la porte, un verre d'eau à la main, image dont elle se souvint toujours. Santiago Nasar lui raconta alors son rêve, mais elle n'accorda pas d'importance aux arbres.

— Rêves d'oiseaux donnent la santé, dit-elle.

Elle le vit de son hamac, dans la pose prostrée où je l'ai rencontrée éclairée par les dernières lueurs de la vieillesse, lorsque je revins dans ce village oublié pour essayer de refaire avec des éclats épars le miroir cassé de la mémoire. Elle avait beaucoup de mal à distinguer les formes dans la lumière crue du jour et portait plaquées sur les tempes les feuilles curatives avec lesquelles elle combattait la migraine éternelle que son fils lui avait laissée la dernière fois qu'il était entré dans sa chambre. Elle reposait sur le flanc et s'agrippait aux cordes du hamac pour essayer de se redresser ; dans la pénombre, il y avait cette odeur de baptistère qui m'avait surpris le matin du crime.

Dès mon apparition sur le seuil, elle me confondit avec le souvenir de Santiago Nasar. « Il était là, me dit-elle. Il portait son costume de lin blanc lavé seulement à l'eau claire, car il avait la peau si délicate qu'il ne supportait pas le bruit de l'amidon. » Elle resta un long moment assise dans son hamac, à mâchonner des graines de cardamine, jusqu'au moment où se dissipa l'illusion que son fils était revenu. Alors elle soupira : « Il était l'homme de ma vie. »

Je le vis dans son souvenir. Il avait eu vingt et un ans la dernière semaine de janvier ; il était svelte et pâle, avec les paupières arabes et les cheveux frisés de son père. Il était le fils unique, issu d'un mariage de raison, qui n'eut aucun moment de bonheur, mais il semblait heureux avec son père jusqu'au jour où celui-ci mourut subitement, trois ans plus tôt, comme il continua de le paraître en compagnie de sa mère jusqu'au lundi de sa mort. Il avait hérité d'elle son instinct. De son père il avait appris dès sa tendre enfance le maniement des armes à feu, l'amour des chevaux et la maîtrise des grands oiseaux de proie ; mais de son père, il apprit aussi, comme des beaux-arts, le courage et la prudence. Ils parlaient entre eux en arabe, mais jamais devant Placida Linero, pour qu'elle ne se sentît pas exclue. A aucun moment on ne les avait vus armés au village et ils n'y vinrent qu'une fois avec leurs oiseaux dressés, à l'occasion d'une démonstration de fauconnerie dans une fête de charité. La mort de son père avait contraint Santiago Nasar à abandonner l'école après ses études secondaires pour prendre en charge l'hacienda familiale. Par dons personnels, Santiago Nasar était gai, pacifique, et, de surcroît, il était homme de cœur.

Le jour où il allait être abattu, sa mère pensa qu'il s'était trompé de date en le voyant vêtu de blanc. « Mais c'est aujourd'hui lundi », lui rappela-t-elle. Alors il lui avait expliqué qu'il avait mis une tenue de circonstance au cas où il aurait l'occasion de baiser l'anneau de l'évêque. Ce qui n'avait pas eu l'air d'intéresser Placida Linero.

— Il ne descendra même pas du bateau, lui dit-elle. Il vous bénira à la sauvette, comme d'habitude, et repartira comme il est venu. Il déteste ce village.

Santiago Nasar savait qu'elle avait raison, mais les fastes de l'Eglise exerçaient sur lui une fascination irrésistible. « On se croirait au cinéma », m'avait-il avoué un jour. En revanche, la seule chose qui préoccupait sa mère dans cette visite de l'évêque c'était que son fils ne fût pas trempé par la pluie, car elle l'avait entendu éternuer durant son sommeil. Elle lui conseilla de prendre un parapluie, mais il lui fit de la main un signe d'adieu et quitta la chambre. Ce fut la dernière fois qu'elle le vit.

Victoria Guzman, la cuisinière, assurait qu'il n'avait pas plu ce jour-là, ni même une seule fois en février. « Au contraire, me dit-elle quand je vins la voir peu avant sa mort, le soleil chauffait plus tôt qu'en plein mois d'août. » Elle était en train d'étriper trois lapins pour le déjeuner, harcelée par les chiens aux aguets, lorsque Santiago Nasar était entré dans la cuisine. « Il se levait toujours avec la tête de quelqu'un qui a mal dormi », rappelait-elle, sans tendresse. Divina Flor, sa fille, dont le corps commençait à peine à s'épanouir, avait servi à Santiago Nasar un bol de café sans sucre arrosé d'alcool de canne, comme tous les lundis, pour l'aider à surmonter la cuite de la nuit. L'énorme cuisine, avec le chuchotement de l'âtre et les poules endormies sur leurs perchoirs, avait une respiration mystérieuse. Santiago Nasar avait croqué une autre aspirine et il s'était assis pour boire son café lentement, à petites gorgées; il pensait au ralenti et ne quittait pas des yeux les deux femmes qui vidaient les lapins au-dessus du fourneau. Malgré son âge, Victoria Guzman gardait toute sa prestance. La petite, encore un peu sauvage, semblait étouffer sous le flot impétueux de ses glandes. Santiago Nasar l'avait attrapée par le poignet au moment où elle venait le débarrasser de son bol vide.

— Il va être temps de te dresser, lui dit-il.

Victoria Guzman lui avait montré le couteau sanglant.

— Bas les pattes, blanc! lui intima-t-elle sans rire. Moi vivante, tu ne boiras pas de cette eau-là.

Elle avait été séduite par Ibrahim Nasar dans la plénitude de l'adolescence. Il l'avait aimée en cachette plusieurs années durant dans les étables de l'hacienda et l'avait intégrée à la domesticité une fois sa passion éteinte. Divina Flor, qui était la fille d'un mari plus récent, se savait destinée aux ébats furtifs de Santiago Nasar, et cette idée l'angoissait à l'avance. « Un homme comme ça, il n'en est jamais né d'autre », me dit-elle, grasse et fanée, entourée par une progéniture issue d'autres amours. « C'était son père tout craché, lui répliqua Victoria Guzman. Une merde. » Mais elle ne put écarter une rafale d'effroi en se remémorant l'air épouvanté de Santiago Nasar quand elle avait arraché d'un coup les entrailles d'un lapin et les avait jetées aux chiens, toutes fumantes.

— Ne sois pas aussi barbare, lui avait-il dit. Imagine un peu, s'il s'agissait d'un être humain !

Il n'avait pas fallu moins de vingt ans à Victoria Guzman pour comprendre qu'un homme accoutumé à tuer d'innocents animaux venait d'exprimer, brusquement, une sainte horreur. « Seigneur Jésus ! s'écria-t-elle effrayée. Pour une révélation, ce fut une révélation ! » Pourtant elle accumulait un tel arriéré de rages refoulées que le matin du crime elle avait continué de gaver les chiens avec la tripaille des autres lapins, pour le seul plaisir de contrarier le petit déjeuner de Santiago Nasar. On en était là quand le beuglement assourdissant du bateau à vapeur à bord duquel arrivait l'évêque avait réveillé tout le village.

La maison était un ancien entrepôt à deux étages, fait de grosses planches mal équarries, avec un toit de zinc à deux pentes, du haut duquel les charognards lorgnaient les déchets du port. Elle avait été bâtie au temps où le fleuve était si complaisant que nombre de caboteurs et même quelques navires de haute mer s'aventuraient jusque-là à travers les marécages de l'estuaire. Quand Ibrahim Nasar était arrivé avec les derniers Arabes, à la fin des guerres civiles, les bateaux de mer ne remontaient plus à cause des caprices du fleuve, et l'entrepôt était abandonné. Ibrahim Nasar l'avait racheté pour une bouchée de pain afin d'y établir une boutique d'importation qui ne vit jamais le jour, et ce n'est qu'au moment de son mariage qu'il le transforma en maison d'habitation. Au rez-de-chaussée il aménagea une grande salle qui servait à tout et fit construire au fond une écurie pour quatre chevaux, les chambres des domestiques et une cuisine d'hacienda avec des fenêtres donnant sur le port et par lesquelles entrait à toute heure la puanteur des eaux. La seule chose qu'il conserva intacte dans la grande salle fut l'escalier en colimaçon, rescapé d'on ne sait quel naufrage. A l'étage principal, qui avait abrité les bureaux de la douane, il installa deux vastes chambres et cinq alcôves pour les nombreux enfants qu'il espérait avoir, et orna la façade d'un balcon de bois dominant les amandiers de la place ; c'est là que, les soirs de mars, Placida Linero se tenait, pour se consoler de sa solitude. Il laissa telle quelle la porte principale mais la flanqua de deux hautes fenêtres au cadre massif de bois contourné. Il conserva également la porte de derrière dont il rehaussa le linteau pour pouvoir entrer à cheval, et maintint en service une partie de l'ancien quai. Cette porte fut toujours la plus utilisée, non seulement parce qu'elle constituait l'accès naturel aux crèches et à la cuisine, mais aussi parce qu'elle donnait sur la rue du nouveau port, sans qu'on eût à passer par la place. Une barre fermait la porte principale, qui ne s'ouvrait que pour les grandes occasions. Ce fut pourtant devant celle-ci et non derrière la petite porte que les hommes qui allaient le tuer attendirent Santiago Nasar, et ce fut par là aussi que ce dernier sortit recevoir l'évêque, bien qu'il dût faire le tour complet de la maison pour gagner le port.

Tant de coïncidences funestes demeuraient pour tous incompréhensibles. Le juge d'instruction venu de Riohacha s'était contenté de les subodorer sans se risquer à les admettre tant son rapport montrait une volonté évidente de donner à l'affaire une explication rationnelle. La porte de la place y était baptisée plusieurs fois d'un nom rocambolesque : *la porte fatale*. En réalité, la seule explication valable paraissait être celle de Placida Linero, qui avait répondu à la question avec son bon sens de mère : « Mon fils ne sortait jamais par la porte du fond quand il était bien habillé. » Cela semblait une vérité si simpliste que le magistrat l'avait recueillie dans une note en marge, mais ne l'avait pas consignée dans le dossier d'instruction.

Victoria Guzman, de son côté, avait répondu d'un ton péremptoire que ni elle ni sa fille ne savaient qu'on attendait Santiago Nasar pour le tuer. Cependant, au fil des années, elle admit que toutes deux n'ignoraient rien de ce qui se préparait quand il était entré dans la cuisine boire son café. Elles l'avaient appris d'une femme venue mendier un peu de lait après cinq heures, laquelle leur avait en outre révélé les raisons du meurtre et le lieu de l'embuscade. « Je ne l'ai pas prévenu parce que je pensais que c'étaient des rodomontades d'ivrognes », me dit-elle. Et pourtant Divina Flor m'avoua, au cours d'une visite que je lui fis après la mort de sa mère, que celle-ci n'avait rien dit à Santiago Nasar parce que du fond du cœur elle souhaitait qu'on le tuât. En revanche, elle, Divina Flor, ne l'avait pas averti car elle n'était alors qu'une fillette apeurée, incapable de prendre une décision personnelle, et qui avait complètement perdu la tête quand il l'avait attrapée par le poignet, d'une main qu'elle avait sentie glacée et pétrifiée, comme la main d'un mort.

Santiago Nasar avait traversé à grandes enjambées la maison dans la pénombre, poursuivi par les hurlements joyeux du bateau de l'évêque. Divina Flor le précédait pour lui ouvrir la porte, en essayant d'échapper à ses mains vagabondes au milieu des cages de la salle à manger avec leurs oiseaux endormis, puis parmi les meubles d'osier et les pots de fougères suspendus au plafond du salon, mais au moment de tirer la barre elle n'avait pu éviter une fois de plus les serres carnassières de cet épervier. « Il m'a empoigné tout le machin, me dit Divina Flor. C'est ce qui se passait toujours quand il me coinçait seule dans la maison, mais ce jour-là je n'ai pas ressenti la peur que j'éprouvais chaque fois ; simplement, une horrible envie de pleurer. » Elle s'était écartée pour le laisser sortir et à travers la porte entrouverte avait aperçu les amandiers de la place sous la neige éclatante du jour naissant, mais elle n'avait pas eu le courage d'en voir davantage. « Au même moment, la sirène du bateau s'est tue et les coqs se sont mis à chanter, me dit-elle. Ils faisaient un tel chahut qu'on ne pouvait croire que les coqs étaient aussi nombreux dans notre village, et j'ai pensé qu'ils arrivaient sur le bateau de l'évêque. » Tout ce qu'elle avait pu faire pour cet homme qui jamais ne serait le sien avait consisté à oublier de repousser la barre, désobéissant ainsi aux ordres de Placida Linero, afin qu'il puisse rentrer en cas d'urgence. Quelqu'un qui ne fut jamais identifié avait glissé sous la porte un papier dans une enveloppe, avertissant Santiago Nasar qu'on l'attendait pour le tuer, et lui révélant en outre l'endroit, les raisons et certains détails très précis du complot. Le message était là, par terre, quand Santiago Nasar était sorti de chez lui, mais il ne l'avait pas vu, ni Divina Flor ni personne, jusque bien après le crime.

Il était six heures du matin et l'on n'avait pas éteint l'éclairage municipal. Les guirlandes bariolées de la noce pendaient encore aux branches des amandiers et à quelques balcons, et l'on aurait pu croire qu'on venait de les accrocher en l'honneur de l'évêque. Mais la place, qui laissait courir ses dalles jusqu'au parvis de l'église où l'on avait dressé l'estrade des musiciens, ressemblait à un dépotoir de bouteilles vides et autres reliefs de cette immense bacchanale publique. Quand Santiago Nasar était sorti de chez lui, plusieurs personnes couraient vers le port, pressées par les beuglements du bateau.

Le seul établissement ouvert sur la place était un débit de lait, accoté à l'église, et où se tenaient les deux hommes qui attendaient Santiago Nasar pour le tuer. Clotilde Armenta, la patronne de l'établissement, avait été la première à le voir dans la lueur de l'aube et il lui avait laissé l'impression d'être vêtu d'aluminium. « Il ressemblait déjà à un fantôme », me dit-elle. Les hommes qui allaient le tuer s'étaient endormis sur leurs chaises en serrant contre leur cœur les couteaux enveloppés dans du papier journal et Clotilde Armenta avait retenu son souffle pour ne pas les réveiller.

Pedro et Pablo Vicario étaient jumeaux. Ils avaient vingt-quatre ans et se ressemblaient tant qu'il était presque impossible de les distinguer. « L'air borné, mais bon caractère », disait l'instruction. Je les connaissais depuis l'école primaire et j'aurais affirmé la même chose. Ce matin-là, ils portaient encore leurs costumes de drap foncé mis pour le mariage – des vêtements trop épais et trop classiques pour nos terres caraïbes – et ils avaient la mine ravagée par toutes ces heures de bamboche ; toutefois, ils avaient sacrifié aux rites et s'étaient rasés. Ils n'avaient pas cessé de boire depuis la veille de la noce, mais au bout de trois jours ils n'étaient toujours pas soûls; tout au plus ressemblaient-ils à des somnambules insomniaques. Ils s'étaient endormis aux premières lueurs de l'aube, après avoir attendu presque trois heures dans la boutique de Clotilde Armenta, et c'était leur premier sommeil depuis le vendredi. Ils avaient à peine ouvert l'œil au premier hurlement du bateau mais l'instinct les avait complètement réveillés quand Santiago Nasar avait mis le pied dehors. Tous deux avaient alors empoigné le paquet entouré de papier journal, et Pedro Vicario avait entrepris de se lever.

— Au nom du ciel, avait murmuré Clotilde Armenta. Remettez cela à plus tard, quand ce ne serait que par respect pour monseigneur l'évêque.

« Une inspiration du Saint-Esprit », répétait-elle souvent. C'était, en effet, une idée providentielle mais qui n'eut, hélas! qu'une vertu momentanée. En l'entendant, les frères Vicario réfléchirent et celui qui s'était levé finit par se rasseoir. Les jumeaux avaient suivi des yeux Santiago Nasar quand il avait commencé à traverser la place. « Ils le regardaient plutôt avec pitié », disait Clotilde Armenta. Au même moment, les fillettes de l'école des bonnes sœurs traversaient elles aussi la place en trottinant en désordre, dans leurs uniformes d'orphelines.

Placida Linero avait raison : l'évêque ne descendit pas du bateau. Outre les autorités et les enfants des écoles, une masse de gens se pressait sur le port et l'on voyait de tous côtés les cageots remplis de coqs bien gras qu'on apportait comme cadeau à l'évêque, son plat favori étant la soupe de crêtes. Sur le môle, le bois collecté s'entassait si haut qu'il aurait fallu au bateau au moins deux heures pour tout charger. Mais il ne s'arrêta pas. Il apparut au détour du fleuve, en grognassant comme un dragon ; la fanfare lança les premières notes de l'hymne épiscopal et les coqs se mirent à chanter dans les cageots ameutant les autres coqs du village.

A cette époque, les légendaires bateaux à aubes alimentés au bois vivaient leurs derniers jours et les rares bâtiments encore en service n'avaient plus de pianos mécaniques ni de cabines pour jeunes mariés, ils arrivaient à peine à remonter le courant du fleuve. Mais celui-ci était neuf, il avait deux cheminées au lieu d'une seule, avec les couleurs nationales peintes comme un brassard et, à la poupe, une roue de bois aux robustes pales lui donnait la puissance d'un navire de mer. Tout en haut, sur la passerelle, près de la cabine du capitaine, se tenait l'évêque, en soutane blanche, avec son escorte d'Espagnols. « Il faisait un temps de Noël », a dit ma sœur Margot. Selon celle-ci, en passant devant le port, la sirène du bateau cracha un jet de vapeur et laissa trempés comme des soupes ceux qui se trouvaient le plus près du rivage. Brève illusion : l'évêque leva le bras et entama un signe de croix face à la foule du port, puis il répéta son geste, machinalement, sans malice ni inspiration, jusqu'au moment où le bateau disparut et où il ne resta plus que le tapage des coqs.

Santiago Nasar avait ses raisons de se sentir frustré. Il avait répondu aux invites publiques du père Amador par l'envoi de plusieurs livraisons de bois et avait choisi lui-même les coqs aux crêtes les plus appétissantes. Sa contrariété, il est vrai, dura peu. Sur le quai, ma sœur Margot l'avait trouvé de fort bonne humeur et bien décidé à poursuivre la fête, bien que les aspirines ne lui eussent procuré aucun soulagement. « Il ne semblait pas déconfit et il ne pensait qu'à une chose : combien une telle noce avait pu coûter ? » me dit-elle. Les chiffres révélés par Cristo Bedoya, qui les accompagnait, l'avaient impressionné. Il avait fait la noce avec Santiago Nasar et avec moi-même jusqu'à près de quatre heures du matin, mais au lieu d'aller dormir chez ses parents, il préféra bavarder dans la maison de son grand-père. Il avait ainsi obtenu de nombreux détails qui manquaient pour calculer le coût du festin. Bedoya rapporta qu'on avait sacrifié quarante dindons et onze cochons pour les invités, et quatre génisses que le marié avait mises à rôtir sur la place pour les gens du village. Il ajouta qu'on avait bu deux cent cinq caisses d'eau-de-vie de contrebande et que presque deux mille bouteilles de rhum avaient été distribuées à la foule. Personne, pauvre ou riche, n'avait été oublié dans la bombance la plus tapageuse qu'on eût jamais vue au village. Santiago Nasar avait rêvé tout haut :

— Ce sera comme ça à mon mariage. Ils n'auront pas assez d'une vie pour le raconter.

Ma sœur avait senti passer un ange. Elle avait pensé une fois de plus à la chance de Flora Miguel, qui possédait déjà tant de choses dans la vie et qui allait y ajouter, à la Noël, un mari : Santiago Nasar. « J'ai compris brusquement qu'on ne pouvait dénicher meilleur parti, me dit-elle. Imagine un peu : beau garçon, sérieux, et avec ça une fortune personnelle, à vingt et un ans. » Elle avait l'habitude de l'inviter à venir prendre le petit déjeuner à la maison quand il y avait des beignets de manioc. Ma mère, ce matin-là, était en train de les préparer. Santiago Nasar accepta avec enthousiasme :

— Je me change et je te rejoins, dit-il, et il s'aperçut alors qu'il avait oublié sa montre sur la table de nuit : Quelle heure est-il ?

Il était six heures vingt-cinq. Santiago Nasar passa son bras sous celui de Cristo Bedoya et l'entraîna vers la place.

— Dans un quart d'heure je suis chez toi, dit-il à ma sœur.

Elle insista pour qu'il vienne immédiatement puisque le petit déjeuner était servi. « Son insistance était étrange, me dit Cristo Bedoya. Si étrange qu'il m'est arrivé de penser que Margot savait qu'on allait le tuer et qu'elle voulait le cacher chez elle. » Santiago Nasar la persuada de prendre les devants tandis qu'il revêtait sa tenue de cheval ; il désirait gagner au plus tôt *El divino rostro* pour castrer des veaux. Il prit congé d'elle du même signe de main qu'il avait adressé à sa mère et s'éloigna vers la place, bras dessus, bras dessous avec Cristo Bedoya. Ce fut la dernière fois qu'elle le vit.

La plupart de ceux qui se trouvaient au port savaient qu'on allait tuer Santiago Nasar. Don Lazaro Aponte, colonel de l'académie militaire en retraite et maire du village depuis onze ans, l'avait salué d'un signe des doigts. « J'avais toutes mes raisons de croire qu'il ne courait plus aucun risque », me dit-il. Le père Amador ne s'en était pas préoccupé davantage. « Quand je l'ai vu sain et sauf j'ai pensé que tout cela n'avait été qu'une turlupinade. » Personne ne s'était demandé si Santiago Nasar était prévenu, car le contraire paraissait à tous impossible.

En réalité, ma sœur Margot était une des rares personnes à ne rien savoir. « Autrement, je l'aurais emmené chez moi, m'eût-il fallu le ligoter », devait-elle déclarer au juge d'instruction. Son ignorance pouvait surprendre, et plus encore celle de ma mère, informée de tout avant quiconque à la maison, bien que depuis des années elle ne sortît pas dans la rue, même pour se rendre à la messe. J'appréciais ce don depuis l'époque où j'avais dû commencer à me lever tôt pour aller à l'école. Je la retrouvai comme alors, livide et réservée, en train de nettoyer la cour avec un balai de brindilles dans la lumière cendrée du petit matin, puis me racontant entre chaque gorgée de café ce qui était arrivé ici-bas pendant que nous dormions. Elle semblait avoir des fils secrets pour communiquer avec les gens, surtout ceux de son âge, et nous surprenait parfois en nous annonçant des nouvelles qu'elle n'aurait pu connaître sans l'art de la divination. Ce jour-là, pourtant, aucune vibration ne lui avait laissé prévoir la tragédie qui se préparait depuis trois heures du matin. Elle avait fini de balayer la cour et ma sœur Margot, quand elle sortit accueillir l'évêque, l'avait trouvée occupée à moudre le manioc pour faire les beignets. « Les coqs chantaient », dit généralement ma mère en évoquant cette matinée. Mais dans son esprit leur lointain tapage était beaucoup plus lié aux derniers flonflons de la noce qu'à l'arrivée de l'évêque.

Notre maison était éloignée de la grand-place et bâtie en bordure du fleuve, dans un bois de manguiers. Ma sœur Margot s'était rendue au port en longeant la rive, et les gens étaient trop excités par la visite de l'évêque pour prêter l'oreille à d'autres nouveautés. On avait exposé les malades sur le seuil des portes afin qu'ils reçoivent la médecine de Dieu, et les femmes sortaient en courant des patios, les bras chargés de dindons, de cochons de lait et de toutes sortes de victuailles, tandis que de la berge opposée arrivaient des canots chamarrés de fleurs. Mais après que l'évêque eut passé sans avoir foulé notre sol, l'autre nouvelle, jusqu'alors étouffée, éclata dans tout son scandale. Ma sœur Margot l'apprit alors, brutalement, et dans ses moindres détails : la belle Angela Vicario, qui s'était mariée la veille, avait été restituée à ses parents par son époux qui avait découvert qu'elle n'était pas vierge. « Je crus que c'était moi qui allais mourir, avait dit Margot. Mais on avait beau tourner et retourner l'affaire dans tous les sens, personne ne pouvait m'expliquer comment ce malheureux Santiago Nasar avait fini par se retrouver compromis dans un tel imbroglio. » Une seule chose était certaine : les frères d'Angela Vicario l'attendaient pour le tuer.

Ma sœur rentra à la maison, serrant les dents pour ne pas pleurer. Ma mère se trouvait dans la salle à manger, vêtue d'une robe du dimanche à fleurs bleues qu'elle avait enfilée au cas où l'évêque serait passé nous saluer ; elle chantait le fado de l'amour invisible en mettant les couverts. Il y en avait un de plus qu'à l'accoutumée.

— C'est pour Santiago Nasar, annonça-t-elle. On m'a dit que tu l'avais invité.

— Enlève-le, dit ma sœur.

Et elle lui rapporta l'affaire. « On aurait dit qu'elle savait déjà tout, me confia-t-elle plus tard. Ce fut comme toujours, on commence à lui raconter quelque chose et on est à peine arrivé à la moitié de l'histoire qu'elle en connaît déjà la fin. » Cette mauvaise nouvelle avait, pour ma mère, des implications particulières. Si on avait donné à Santiago Nasar ce prénom, c'était à cause d'elle, non seulement elle était sa marraine mais de plus elle avait un lien de parenté avec

Pura Vicario, la mère de l'épouse renvoyée. Pourtant, elle n'avait pas fini d'entendre la nouvelle qu'elle avait déjà mis ses souliers à talons et la mantille qui lui servait autrefois pour se rendre à l'église et qu'elle ne portait plus que pour les visites de condoléances. Mon père qui, de son lit, avait tout entendu, apparut en pyjama dans la salle à manger et lui demanda, alarmé, où elle allait.

— Prévenir ma commère Placida. Il n'est pas juste que tout le monde sache qu'on va lui tuer son fils et qu'elle soit la seule à l'ignorer.

— Nous avons autant d'attaches avec les Vicario qu'avec elle, dit mon père.

— Il faut toujours être du côté du mort, rétorqua-t-elle.

Mes jeunes frères commencèrent à sortir des autres chambres. Les plus petits, atteints par le souffle de la tragédie, se mirent à pleurer. Ma mère, pour une fois dans sa vie, ne s'en soucia pas, pas plus qu'elle n'accorda d'attention à son mari.

— Attends-moi. Je m'habille, lui dit celui-ci.

Elle était déjà dans la rue. Mon frère Jaime, qui n'avait pas alors plus de sept ans, était le seul à se trouver prêt à partir pour l'école.

— Va avec elle, toi, ordonna mon père.

Jaime courut derrière ma mère sans savoir ce qui arrivait ni où ils allaient, et il s'accrocha à ses doigts. « Elle parlait toute seule », devait-il me dire. « Hommes sans foi ni loi, marmonnait-elle. Animaux de merde qui ne savez rien faire d'autre que des malheurs. » Elle ne se rendait même pas compte qu'elle tenait l'enfant par la main. « Les gens devaient penser que j'étais devenue folle, me dit-elle. La seule chose dont je me souviens c'est qu'on entendait au loin un grand charivari, comme si la noce avait repris de plus belle, et que tout le monde courait vers la place. » Elle avait pressé le pas, avec cette détermination dont elle était capable quand une vie était en jeu, jusqu'au moment où quelqu'un qui courait dans l'autre sens avait eu pitié de son désarroi.

— Ne prenez pas tant de peine, Luisa Santiaga, lui cria-t-on. Ils l'ont déjà tué.

Bayardo San Roman, l'homme qui avait répudié son épouse, était arrivé pour la première fois en août, l'année précédente, six mois avant la noce. Il débarqua du bateau hebdomadaire, avec, sur l'épaule, des sacoches aux garnitures d'argent assorties aux boucles de sa ceinture et de ses bottines. Il frisait la trentaine, mais cachait bien son âge avec sa taille fine de novillero, les yeux dorés et la peau cuite par le salpêtre, comme à petit feu. Il portait ce jour-là une veste courte et un pantalon très étroit en veau naturel, et des gants de chevreau de la même couleur. Magdalena Oliver, qui voyageait sur le bateau, n'avait pu le quitter des yeux durant toute la traversée. « On aurait dit un pédé, m'affirma-t-elle. Et c'est malheureux parce qu'on avait envie de le couvrir de beurre et le manger tout vif. » Elle ne fut pas la seule à le penser ; ni la dernière non plus à se rendre compte que Bayardo San Roman n'était pas un homme à se laisser découvrir au premier abord.

Août finissait quand ma mère m'écrivit au collège, ajoutant à sa lettre un post-scriptum inattendu : « Il est arrivé ici un homme bizarre. » Dans la lettre suivante, elle précisait : « L'homme bizarre s'appelle Bayardo San Roman et tout le monde dit qu'il est charmant, mais moi je ne l'ai pas vu. » Personne ne sut jamais ce qui l'avait amené chez nous. A quelqu'un qui n'avait pu résister à la tentation de l'interroger, un peu avant la noce, il avait répondu : « J'allais de village en village, cherchant quelqu'un avec qui me marier. » C'était peut-être vrai, mais il aurait pu répondre n'importe quoi d'autre, tant sa façon de s'exprimer lui servait beaucoup plus à dissimuler qu'à se confier.

Le soir de son arrivée, au cinéma, il laissa entendre qu'il était ingénieur des chemins de fer et parla de l'urgence qu'il y avait à construire une voie ferrée jusqu'au cœur du pays pour parer aux caprices du fleuve. Le lendemain, il dut envoyer un télégramme et manœuvra lui-même le manipulateur, indiquant de surcroît au télégraphiste un système de son invention pour pérenniser les piles usagées. Il fit preuve d'autant de compétence en s'entretenant des maladies des zones frontalières avec un médecin militaire venu pour le recrutement. Il aimait les fêtes bruyantes, interminables, mais il était heureux buveur, briseur de bagarres et adversaire des jeux de main. Un dimanche après la messe, il avait défié les nageurs les plus habiles, qui étaient nombreux, et avait laissé les meilleurs vingt brasses derrière lui dans la traversée du fleuve, aller et retour. Ma mère me le raconta dans une lettre qui se terminait par un commentaire bien à elle : « On dit qu'il nage aussi dans l'or. » Ce qui correspondait à la légende d'un Bayardo San Roman non seulement capable de tout faire, et à la perfection, mais disposant en outre de ressources inépuisables.

Ma mère lui donna la bénédiction finale dans une lettre qu'elle m'écrivit en octobre : « Les gens l'aiment beaucoup car il est honnête et a bon cœur, et puis dimanche dernier il a communié à genoux et a répondu la messe en latin. » En ce temps-là, il n'était pas permis de communier debout et l'on n'officiait qu'en latin, mais ma mère donne généralement ce genre de précisions superflues quand elle veut aller au fond des choses. A la suite de cette consécration sans appel, elle m'écrivit encore deux autres lettres, sans faire la moindre allusion à Bayardo San Roman, même quand il fut archiconnu qu'il voulait épouser Angela Vicario. C'est longtemps après cette noce de malheur qu'elle m'avoua l'avoir rencontré, alors qu'il était trop tard pour corriger sa lettre d'octobre ; ses yeux d'or lui avaient arraché un frisson d'effroi.

— Je crus voir le diable, commenta-t-elle. Mais tu m'avais expliqué que ces choses-là il ne faut pas les dire par écrit.

Je fis sa connaissance peu après, quand je revins pour les vacances de Noël, et ne le trouvai pas aussi bizarre qu'on l'affirmait. Certes il me parut séduisant, mais très différent de la vision idyllique de Magdalena Oliver. Il me sembla plus sérieux que ne le laissaient supposer ses extravagances, avec une tension intérieure que son charme excessif dissimulait à peine. Et surtout, il me fit l'effet d'un homme très triste. A cette époque, il avait déjà officialisé ses fiançailles avec Angela Vicario.

On ne sut jamais très bien comment ils s'étaient connus. La propriétaire de la pension pour hommes seuls où vivait Bayardo San Roman racontait que celui-ci était en train de faire la sieste dans un rocking-chair du salon, à la fin septembre, quand Angela Vicario et sa mère avaient traversé la place, avec au bras deux paniers de fleurs artificielles. Les deux femmes vêtues d'un noir peu amène semblaient être les seuls vivants dans la moiteur de deux heures de l'après-midi. Bayardo San Roman avait entrouvert les yeux et demandé qui était la plus jeune. L'hôtelière lui avait répondu que c'était la dernière fille de la femme qui l'accompagnait et qu'elle s'appelait Angela Vicario. Bayardo San Roman les avait suivies du regard jusqu'à l'autre bout de la place.

— Elle porte un nom qui lui va bien, avait-il dit.

Puis il avait renversé la tête contre le dossier du rocking-chair et refermé les yeux.

— Quand je me réveillerai, avait-il déclaré, pensez à me rappeler que je vais l'épouser.

Angela Vicario me raconta que la propriétaire de la pension lui avait rapporté le propos bien avant que Bayardo San Roman lui fasse sa cour.

« J'eus les sangs retournés », me dit-elle. Trois pensionnaires confirmèrent la véracité du fait, mais quatre autres le mettaient en doute. Par contre, toutes les versions s'accordaient pour affirmer qu'Angela Vicario et Bayardo San Roman s'étaient vus pour la première fois aux fêtes patriotiques d'octobre, au cours d'une kermesse de charité où elle était chargée de chanter les lots. Bayardo San Roman était arrivé à la kermesse et s'était rendu tout droit au stand tenu par la langoureuse jeune fille emprisonnée jusqu'aux poignets dans sa tenue de deuil, pour lui demander combien coûtait le gramophone aux incrustations de nacre, qui constituait le clou de la kermesse. Elle lui avait répondu qu'il n'était pas à vendre mais à tirer au sort.

— Tant mieux, avait-il dit. Ce sera donc plus facile et moins cher.

Elle m'avoua qu'il avait réussi à l'impressionner, mais pour des raisons opposées à celles du cœur. « Je détestais les hommes hautains et je n'en avais jamais vu un ayant autant de morgue, me dit-elle en évoquant cette journée. Et puis je pensais qu'il était polonais. » Sa contrariété fut vive quand elle avait annoncé le tirage du gramophone au milieu de l'angoisse générale; c'est qu'en effet Bayardo San Roman l'avait gagné. Elle ne pouvait imaginer que, dans le seul but de l'épater, il eût acheté tous les billets.

Ce soir-là, en rentrant chez elle, Angela Vicario avait trouvé le gramophone enveloppé dans du papier cadeau, sous un nœud d'organsin. « Je n'ai jamais pu imaginer comment il avait su que c'était mon anniversaire », me dit-elle. Elle avait eu beaucoup de mal à convaincre ses parents : non, elle n'avait jamais rien fait qui permît à Bayardo San Roman de lui envoyer un cadeau de ce prix, et surtout d'une manière si visible que tout le monde s'en était rendu compte. Finalement Pedro et Pablo, ses frères aînés, avaient rapporté l'appareil à l'hôtel pour le rendre à son propriétaire, et cela avec un tel remue-ménage que tous ceux qui l'avaient vu arriver le virent également repartir. C'était oublier le charme irrésistible de Bayardo San Roman : les jumeaux disparurent jusqu'au lendemain à l'aube, abrutis d'ivrognerie, portant encore le phonographe, accompagnés en outre par Bayardo San Roman, ils continuèrent à faire la noce à la maison.

Angela Vicario était la cadette d'une famille des plus modestes. Son père, Poncio Vicario, qui était orfèvre pour les petites bourses, s'était usé les yeux à subvenir dignement aux besoins de sa maison en fabriquant mille et mille merveilles en or. Purisima del Carmen, sa mère, avait été maîtresse d'école jusqu'au jour où elle s'était mariée pour la vie. Son air tranquille, légèrement affligé, dissimulait fort bien la rigueur de son caractère. « On aurait dit une bonne sœur », rappelle Mercédès. Elle s'était consacrée avec tant d'abnégation à s'occuper de son époux et à élever ses enfants qu'on oubliait parfois qu'elle existait aussi. Les deux aînées avaient pris maris sur le tard. Outre les jumeaux, ils avaient eu une fille, morte de fièvres crépusculaires ; deux ans après l'enterrement, ils portaient encore un deuil allégé à la maison, mais rigoureux dans la rue. Les frères avaient été élevés pour être des hommes. On les avait éduquées, elles, en vue du mariage. Elles savaient broder sur un métier, coudre à la machine, tisser de la dentelle aux fuseaux, laver et repasser, fabriquer des fleurs artificielles et des friandises de fantaisie, et rédiger des faire-part de fiançailles. A la différence des jeunes femmes de l'époque, qui avaient négligé le culte de la mort, elles étaient expertes dans l'art séculaire de veiller les malades, de réconforter les agonisants et d'ensevelir les morts. Ma mère ne leur reprochait qu'une chose : leur habitude de se brosser les cheveux avant de dormir. « Mesdemoiselles, leur disait-elle, on ne se coiffe pas la nuit, cela retarde le retour des marins. » A cette réserve près, elle pensait qu'il n'y avait pas de filles mieux formées. « Elles sont parfaites, me disait-elle souvent. Elles rendront heureux un homme quel qu'il soit, car elles ont été élevées pour savoir souffrir. » Pourtant, ceux qui épousèrent les deux aînées eurent un mal fou à rompre l'étau : elles étaient toujours ensemble, où que ce fût, organisaient des soirées dansantes entre femmes, et cherchaient toujours un double fond dans les propos des hommes.

Angela Vicario était la plus jolie des quatre, et ma mère prétendait qu'elle était née comme les grandes reines de l'histoire, le cordon ombilical enroulé autour du cou. Pourtant, son air désemparé et sa pauvreté d'esprit s'aggravaient avec les années. Je la revoyais année après année, durant mes vacances de Noël, et elle me paraissait chaque fois plus insignifiante, assise l'après-midi derrière sa fenêtre, à fabriquer des fleurs de chiffon et à chanter des valses de vieilles filles avec ses voisines. « Elle est maigre comme un hareng saur, ta conne de cousine », me disait Santiago Nasar. Un beau jour, peu avant la mort de sa sœur, je la rencontrai pour la première fois dans la rue, habillée comme une femme et les cheveux frisés, et je n'en crus pas mes yeux. Ma vision fut, hélas ! éphémère car son indigence intellectuelle s'aggrava avec les années. A tel point qu'en apprenant que Bayardo San Roman voulait l'épouser, beaucoup pensèrent qu'il s'agissait d'une mauvaise farce de l'étranger.

La famille ne se contenta pas de prendre l'affaire au sérieux, elle mena grand tapage autour d'elle. A l'exception de Pura Vicario qui mit une condition : Bayardo San Roman devrait démontrer son identité. Pour tous, c'était encore un inconnu. Son passé ne remontait pas au-delà de cet après-midi où il avait débarqué dans sa tenue d'artiste, et sa discrétion sur ses origines laissait le chemin ouvert aux élucubrations les plus insensées. On en vint à affirmer qu'à la tête de ses troupes il avait rasé des villages et semé la terreur à Casanare, qu'il s'était évadé de Cayenne, qu'on l'avait vu à Pernambouc essayant de faire fortune avec un couple d'ours savants, ou encore qu'il avait repêché l'épave d'un galion espagnol chargé d'or dans la passe des Vents. Bayardo San Roman mit fin à toutes ces conjectures par un moyen tout simple : il fit venir sa famille au grand complet.

Ils étaient quatre : le père, la mère et deux inquiétantes sœurs. Ils arrivèrent dans une Ford T munie de plaques officielles et dont le klaxon ameuta les rues de ses coin-coin à onze heures du matin. La mère, Alberta Simonds, une gigantesque mulâtresse de Curaçao qui parlait un espagnol encore truffé de papiamento, avait été proclamée dans sa jeunesse reine des belles parmi les deux cents plus belles des Antilles. Les sœurs, jouvencelles en fleurs depuis peu, ressemblaient à deux pouliches piaffantes. Mais l'atout majeur était le père : le général Petronio San Roman, héros des guerres civiles du siècle dernier, et l'une des plus grandes gloires du régime conservateur pour avoir mis en fuite le colonel Aureliano Buendia lors du désastre de Tucurinca. Ma mère fut la seule à ne pas aller le saluer quand elle sut qui il était. « Il me paraissait excellent qu'ils se marient, me dit-elle. Mais se marier était une chose et serrer la main d'un homme qui avait ordonné qu'on tire dans le dos de Gerineldo Marquez en était une autre. » Dès qu'il se montra à la portière de sa voiture, en saluant avec son chapeau blanc, chacun put le reconnaître grâce à la célébrité de ses photos. Il portait un costume de lin, de la même couleur que le blé, des bottines de cuir de Cordoue, aux lacets croisés, des lorgnons en or accrochés à son gilet. Il portait en outre la croix de guerre et une canne sculptée à l'emblème du pays. Il fut le premier à descendre de voiture, recouvert jusqu'aux oreilles de cette poussière brûlante de nos mauvais chemins ; il lui avait suffi d'apparaître sur son siège pour que tout le monde comprît que Bayardo San Roman allait épouser qui il voulait.

C'était Angela Vicario qui ne voulait pas. « Il était trop homme pour moi », me dit-elle. Et puis, Bayardo San Roman n'avait même pas essayé de la séduire bien qu'il eût ensorcelé la famille par son charme. Angela Vicario n'oublia jamais l'horreur de cette soirée où ses parents, ses sœurs aînées et leurs maris, réunis au salon, lui imposèrent de se marier avec un homme qu'elle avait à peine vu. Les jumeaux se maintinrent à l'écart. « Nous pensions qu'il s'agissait de foutaises de jupons », me dit Pablo Vicario. L'argument sans appel des parents fut qu'une famille dont la modestie constituait la dignité n'avait pas le droit de mépriser cette récompense du destin. Angela Vicario osa à peine insinuer que l'absence d'amour était un inconvénient. Sa mère, d'une seule phrase, pulvérisa l'argument :

— L'amour aussi, ça s'apprend !

A la différence des fiançailles de l'époque, qui étaient longues et surveillées, celles-ci ne durèrent que quatre mois, tant Bayardo San Roman était pressé. On les eût sans doute abrégées encore si Pura Vicario n'avait exigé d'attendre la fin du deuil familial. Pourtant, les jours passèrent sans angoisses car Bayardo San Roman avait une manière irrésistible de régler les problèmes. « Un soir il me demanda quelle maison me plaisait le plus, me raconta Angela Vicario. Et je lui répondis, sans trop savoir pourquoi, que la plus jolie du pays était la villa du veuf Xious. » J'aurais répondu la même chose. La villa était située sur une colline balayée par les vents et, de la terrasse, on découvrait le paradis sans fin des marécages couverts d'anémones violettes ; l'été, par temps clair, on arrivait à voir l'horizon limpide de la mer des Antilles et les paquebots de touristes qui vont à Carthagène-des-Indes. Le soir même, Bayardo San Roman se rendit au cercle et alla s'asseoir à la table du veuf Xious pour faire une partie de dominos.

— Veuf, lui dit-il. Je vous achète votre maison.

— Elle n'est pas à vendre, répondit le veuf.

— Je l'achète avec tout ce qu'il y a dedans.

Le veuf lui expliqua en homme élevé à l'ancienne, et avec des mots choisis, que les objets de son domicile avaient été achetés par sa défunte épouse au cours d'une vie de sacrifices et qu'il les considérait comme une part d'elle-même. « Il parlait à cœur ouvert, me dit le docteur Dionisio Iguaran, leur compagnon de jeu. J'étais certain qu'il aurait préféré mourir plutôt que de se séparer d'une maison où il avait vécu heureux pendant plus de trente ans. » Bayardo San Roman lui aussi comprit ses raisons.

— D'accord, dit-il. Dans ce cas, vendez-moi la maison vide.

Mais le veuf s'y refusa jusqu'à la fin de la partie. Trois soirs plus tard, déjà mieux préparé, Bayardo San Roman revint s'asseoir à la table de dominos :

— Alors, veuf, recommença-t-il. Cette maison, c'est combien ?

— Elle n'a pas de prix.

— Dites un chiffre. N'importe lequel.

— Je regrette, Bayardo, dit le veuf. Mais vous, les jeunes, vous ne comprenez pas les raisons du cœur.

Bayardo San Roman n'hésita pas un seul instant :

— Je vous en offre cinq mille pesos.

— Ne trichez pas, répondit le vieux dont la dignité était sur le qui-vive. Cette maison ne les vaut pas.

— Dix mille pesos, dit alors Bayardo San Roman. Ici même, tout de suite, et en liquide.

Le veuf le regarda, des larmes plein les yeux. « Il pleurait de rage, me dit le docteur Dionisio Iguaran, qui ajoutait à la médecine le goût des belles-lettres. Imagine un peu : avoir une telle somme à portée de la main et devoir dire non à cause d'une simple faiblesse de l'esprit. » Le veuf Xious resta sans voix, mais il refusa sans hésiter, d'un signe de tête.

— Dans ces conditions, accordez-moi au moins une faveur, dit Bayardo San Roman. Celle de m'attendre ici cinq minutes.

Cinq minutes plus tard, en effet, il revenait avec ses sacoches aux garnitures d'argent et déposait sur la table dix liasses de billets de mille pesos encore cerclées des bandes d'origine de la Banque nationale. Le veuf Xious mourut un an plus tard. « Ça l'a tué, disait le docteur Dionisio Iguaran. Il se portait mieux que nous tous, mais quand on l'auscultait on entendait les larmes bouillonner dans son cœur. » Car il n'avait pas seulement vendu la maison avec tout ce qu'il y avait dedans, il avait aussi demandé à Bayardo San Roman de le payer petit à petit, parce qu'il ne lui restait même plus une malle pour mettre tant d'argent à l'abri.

Nul n'aurait pensé et personne n'avait jamais dit qu'Angela Vicario n'était pas vierge. On ne lui avait connu aucun fiancé et elle avait grandi auprès de ses deux sœurs sous la férule d'acier de sa mère. Moins de deux mois avant son mariage, Pura Vicario ne l'autorisait pas à sortir seule avec Bayardo San Roman pour visiter leur future maison ; traînant son mari aveugle, elle l'accompagnait afin de protéger sa vertu. « Je ne demandais qu'une chose au Bon Dieu, me dit Angela Vicario, c'était de me donner le courage de me tuer. Mais il ne m'a pas écoutée. » Dans son désarroi, elle avait décidé de tout raconter à sa mère pour se libérer de ce martyre, mais ses deux uniques confidentes, qui l'aidaient à fabriquer des fleurs artificielles à la fenêtre, l'avaient dissuadée de sa bonne intention. « Et je leur obéis aveuglément car elles m'avaient fait croire qu'elles en savaient long sur les cochonneries des hommes. » Elles lui assurèrent que presque toutes les femmes perdaient leur virginité dans des accidents durant leur enfance. Elles insistèrent sur le fait que même les maris les plus ombrageux se résignaient à tout pourvu que personne ne le sût. Elles la convainquirent enfin de ce que la plupart des hommes arrivaient si effrayés à leur nuit de noces qu'ils se révélaient incapables de faire quoi que ce fût si leur compagne ne les aidait pas et qu'à l'heure de la vérité ils n'étaient plus en mesure de répondre de leurs propres actes. « Ils ne croient qu'à ce qu'ils voient sur le drap », lui dirent-elles. Et elles lui avaient enseigné des filouteries de bonne femme pour qu'elle feigne de perdre son pucelage et qu'elle puisse déployer au soleil dans le patio de sa maison, le matin de son premier jour de jeune mariée, le drap de fil avec la tache rouge de l'honneur.

Elle s'était mariée dans cette illusion. Bayardo San Roman, lui, avait dû se marier dans l'illusion d'acheter le bonheur grâce à sa fortune et à son pouvoir exceptionnels. A mesure que les préparatifs de la noce étaient mis en œuvre, de nouvelles idées de plus en plus délirantes lui venaient à l'esprit pour en augmenter l'ampleur. Quand on annonça la visite de l'évêque, il essaya de retarder la noce d'une journée afin que celui-ci bénisse le mariage, mais Angela Vicario s'y opposa. « Pour être franche, me dit-elle, je ne voulais pas recevoir la bénédiction des mains d'un homme qui ne tuait les coqs que pour en couper les crêtes pour sa soupe et jetait le reste aux ordures. » Pourtant, même sans la bénédiction de l'évêque, la fête prit une telle dimension qu'elle finit par échapper au contrôle de Bayardo San Roman et se transforma en véritable affaire publique.

Le général Petronio San Roman et sa famille arrivèrent cette fois à bord du bateau de cérémonies du Congrès, qui resta amarré au quai jusqu'au terme des réjouissances ; avec eux débarquèrent nombre de gens illustres qui passèrent pourtant inaperçus dans cette cohue de têtes nouvelles. Ils apportèrent tant de cadeaux qu'il fallut aménager le local désaffecté de l'ancienne centrale électrique, pour exposer les plus fabuleux ; le reste fut transporté en une seule fois dans l'ancienne maison du veuf Xious, maintenant prête à recevoir les jeunes époux. On offrit au marié une auto décapotable qui portait son nom gravé en caractères gothiques sous la marque du constructeur. La mariée reçut un écrin de vingt-quatre couverts en or massif. On fit venir en outre un groupe de danseurs, et deux orchestres de valses qui détonnèrent au milieu des fanfares locales et des nombreux papayeras et autres groupes d'accordéonistes qu'avaient attirés les échos de la fête.

La famille Vicario vivait dans une modeste maison aux murs de briques et au toit de palmes surmonté de deux mansardes où en janvier venaient couver les hirondelles. Devant la maison se trouvait une terrasse envahie de pots de fleurs et une cour peuplée de poules en liberté et plantée d'arbres fruitiers. Au fond de la cour, les jumeaux avaient installé une porcherie avec une pierre pour l'abattage et une table d'équarrissage, initiative qui se révéla être une excellente source de revenus dès l'instant où Poncio Vicario perdit l'usage de ses yeux. L'affaire avait été créée par Pedro Vicario, mais quand celui-ci partit faire son service militaire, son frère jumeau apprit à son tour le métier de saigneur de cochons.

La demeure était à peine suffisante pour abriter la famille. Quand les sœurs aînées se rendirent compte des proportions que prenait la fête, elles décidèrent de se faire prêter une maison. « Imagine un peu, me dit Angela Vicario, elles avaient songé à celle de Placida Linero, mais par bonheur mes parents s'entêtèrent dans une de leurs marottes : nos filles se marient dans notre bicoque ou ne se marient pas. » Bref, ils repeignirent la maison dans son jaune d'origine, redressèrent les portes et réparèrent les planchers, rendant les lieux aussi dignes que possible d'accueillir une noce de cette envergure. Les jumeaux déménagèrent les cochons et nettoyèrent la porcherie à la chaux vive ; malgré cela, on s'aperçut qu'on allait manquer d'espace. Finalement, sur les instances de Bayardo San Roman, on abattit la palissade de la cour, on se fit prêter pour danser les maisons voisines et on disposa sous les tamariniers des établis de menuisiers pour pouvoir y manger à l'ombre.

Seule anicroche au programme : le matin de la cérémonie, le fiancé vint chercher Angela Vicario avec deux heures de retard. Or celle-ci s'était refusée à passer sa robe de mariée tant qu'il ne serait pas arrivé. « Imagine un peu, me dit-elle, je me serais presque réjouie qu'il oublie de venir, mais je n'aurais pu supporter qu'il me plante là tout habillée. » Ses craintes paraissaient naturelles car il n'existe pas d'affront public plus humiliant pour une femme que d'être abandonnée en robe de mariée. En revanche, le fait qu'Angela Vicario ait osé porter, sans être vierge, le voile blanc et les fleurs d'oranger devait être interprété ensuite comme une profanation de ces symboles de pureté. Ma mère fut la seule à considérer comme un acte de courage cette manière de jouer jusqu'au bout ses cartes biseautées. « A cette époque, le Bon Dieu comprenait bien ces choses-là », m'expliqua-t-elle. Par contre, nul n'a encore compris avec quelles cartes Bayardo San Roman avait joué. Depuis l'instant où il s'était présenté en redingote et haut-de-forme jusqu'à celui où il s'était éclipsé du bal avec la créature de ses tourments, il avait offert l'image parfaite de l'heureux marié.

On n'a jamais su non plus quelles cartes tenait en main Santiago Nasar. A l'église comme à la fête, Cristo Bedoya, mon frère Luis Enrique et moi ne l'avions pas quitté. Aucun de nous n'avait entr'aperçu le moindre changement dans son attitude. C'est une chose que je n'ai jamais cessé de répéter, car nous avions grandi tous les quatre ensemble à l'école, et fait partie de la même bande pendant les vacances, et il était inconcevable qu'un membre du groupe eût un secret sans le partager, surtout un aussi grand secret.

Santiago Nasar aimait les fêtes, et sa plus grande joie il l'avait éprouvée la veille de sa mort, en calculant les dépenses de la noce. A l'église, il estima que le coût de la décoration florale représentait celui de quatorze enterrements de première classe. Cette précision devait me tarabuster des années durant car Santiago Nasar m'avait souvent affirmé que le parfum des fleurs enfermées avait pour lui un rapport direct avec la mort, et ce jour-là il me le répéta en entrant dans le temple. « Je ne veux pas de fleurs pour mon enterrement », me dit-il, sans penser que, le lendemain, je devrais veiller à ce qu'il en fût ainsi. Durant le trajet qui nous conduisit de l'église à la maison des Vicario, il fit le compte des guirlandes bariolées qui égayaient les rues, évalua le prix de la musique et des fusées et même celui de la grêle de riz cru avec laquelle on était accueilli. Dans la chaleur assoupissante de midi, les nouveaux mariés firent le tour des tables. Bayardo San Roman était devenu notre ami, copain de bistrot comme on disait alors, il semblait très heureux en notre compagnie. Angela Vicario, qui avait abandonné voile et couronne d'oranger, avait adopté brusquement un air de femme mariée et l'assumait dans sa robe de satin trempée de sueur. Santiago Nasar estima

– et l'annonça à Bayardo San Roman – que la noce coûtait, au moment où il parlait, quelque neuf mille pesos. Visiblement, l'épousée reçut le propos comme une impertinence. « Ma mère m'avait appris qu'on ne doit jamais parler d'argent devant les autres », me dit-elle. Bayardo San Roman, au contraire, le prit de fort bonne humeur et même avec une certaine vanité.

— Presque, dit-il, mais ça ne fait que commencer. A la fin, on pourra parler du double ou à peu près.

Santiago Nasar se proposa de contrôler la dépense jusqu'au dernier centavo et la vie lui en laissa juste le temps. En effet, grâce aux ultimes renseignements que Cristo Bedoya lui fournit le lendemain sur le quai du port, quarante-cinq minutes avant sa mort, il constata que le chiffre avancé par Bayardo San Roman était exact.

Personnellement, je conservais un souvenir très vague de la fête avant ma décision de la reconstituer à partir des bribes éparpillées dans les souvenirs d'autrui. Durant des années, on continua de commenter chez moi le fait que, ce jour-là, mon père avait ressorti de son étui le violon de sa jeunesse en l'honneur des nouveaux époux, que ma sœur la nonne avait dansé une mérengué dans son habit de sœur tourière, et que le docteur Dionisio Iguaran, cousin germain de ma mère, avait réussi à prendre le large sur le bateau officiel pour ne pas être ici le lendemain, quand l'évêque arriverait. Alors que je faisais des recherches pour cette chronique, j'ai retrouvé quantité de menus détails, l'un des plus drôles étant le souvenir laissé par les robes de velours des sœurs de Bayardo San Roman dont les grandes ailes de papillons fixées aux épaules par des pinces en or attirèrent plus les regards des gens que le plumet et le corselet de médailles de guerre de leur papa. Je découvris que beaucoup savaient que dans l'insouciance des cuites j'avais proposé à Mercédès Barcha de l'épouser, alors qu'elle sortait à peine de l'école primaire, ce qu'elle me rappela quand nous nous mariâmes quatorze ans plus tard. En réalité, l'image la plus vive que je conserve de ce dimanche indésirable est celle du vieux Poncio Vicario assis tout seul sur un tabouret au milieu de la cour. On l'avait installé là en pensant peut-être que c'était la place d'honneur, et les invités le bousculaient, le confondaient avec quelqu'un d'autre, le déplaçaient, à droite, à gauche pour ne pas qu'il gêne, et lui, remuait sa tête neigeuse de tous côtés avec cette expression errante des aveugles de fraîche date, répondant à des questions qui ne lui étaient pas destinées ou à de brefs saluts qu'on ne lui adressait pas, heureux dans son enclos d'oubli, avec sa chemise comme cartonnée par l'amidon et la canne de gaïac qu'on lui avait achetée pour l'occasion.

La cérémonie officielle s'acheva à six heures du soir, quand les invités d'honneur se retirèrent. Le bateau repartit tous feux allumés, en laissant un sillage de valses jouées au piano mécanique, et nous restâmes durant un instant à la dérive au-dessus d'un abîme d'incertitude avant de nous reconnaître à nouveau les uns et les autres et de nous enfoncer dans la mangrove de la beuverie. Les jeunes mariés apparurent peu après dans leur automobile découverte, se frayant non sans peine un passage dans le tohu-bohu de la place. Bayardo San Roman alluma des pétards, but de l'eau-de-vie au goulot des bouteilles que la foule lui tendait et descendit de voiture avec Angela Vicario pour entrer dans la ronde de la cumbiamba. Finalement, il nous ordonna de continuer à danser à ses frais jusqu'à plus soif et emmena son épouse terrorisée vers la maison de ses rêves où le veuf Xious avait été heureux.

La fête publique se désagrégea sur le coup de minuit et seule demeura ouverte la boutique de Clotilde Armenta, en bordure de la place. Santiago Nasar et moi, escortés de mon frère Luis Enrique et de Cristo Bedoya, prîmes la direction des miséricordieux pénates de Maria-Alexandrina Cervantes. Nous y vîmes défiler, entre autres nombreux visiteurs, les frères Vicario, qui restèrent à boire avec nous et à chanter avec Santiago Nasar, cinq heures avant de l'assassiner. Quelques petits groupes isolés durent poursuivre la fête car des airs de musique et des bruits de disputes nous arrivaient en rafales de tous côtés, chaque fois un peu plus tristes ; tout ne cessa que peu avant le premier mugissement du bateau de l'évêque.

Pura Vicario raconta à ma mère qu'elle s'était couchée à onze heures du soir, après que ses filles aînées l'eurent aidée à remettre un peu d'ordre dans le chambardement provoqué par la noce. Vers dix heures environ, alors qu'une poignée d'ivrognes chantaient encore dans la cour, Angela Vicario avait envoyé quelqu'un chercher une mallette d'objets personnels qui se trouvait dans l'armoire de sa chambre et sa mère avait voulu y joindre une valise de linge ordinaire, mais le commissionnaire était pressé. Tout le monde dormait à poings fermés quand on avait frappé à la porte. « Trois coups très distincts, expliqua-t-elle à ma mère, mais qui résonnaient comme un mauvais présage. » Elle avait ouvert la porte sans allumer pour ne réveiller personne et avait vu dans le halo de lumière du réverbère Bayardo San Roman avec sa chemise de soie déboutonnée et son pantalon de fantaisie retenu par des bretelles. « Il était vert, comme on est dans les rêves », ajouta Pura Vicario. Angela Vicario se tenait dans l'ombre, si bien qu'elle l'avait aperçue seulement quand Bayardo San Roman l'avait attrapée par le bras et entraînée en pleine clarté. Sa robe de satin était en charpie et une serviette de toilette l'enveloppait jusqu'à la taille. Pura Vicario crut qu'ils avaient plongé avec la voiture et qu'ils étaient morts.

— Jésus ! Marie ! Joseph ! dit-elle, atterrée. Répondez, si vous êtes encore de ce monde.

Bayardo San Roman n'entra pas ; sans dire un mot il poussa avec douceur son épouse vers l'intérieur de la maison. Après quoi il embrassa Pura Vicario sur la joue et lui parla d'une voix profondément découragée mais avec une immense tendresse :

— Merci pour tout, maman, lui dit-il. Vous êtes une sainte.

Pura Vicario fut la seule à savoir ce qu'elle avait fait durant les deux heures qui suivirent, mais elle a emporté son secret dans sa tombe. « La seule chose dont je me souvienne, me raconta Angela Vicario, c'est qu'elle me tenait d'une main par les cheveux et qu'elle me frappait de l'autre avec une telle rage que je crus qu'elle allait me tuer. » Mais cela aussi elle le fit avec tant de discrétion que ni son mari ni ses filles aînées, qui dormaient dans les autres chambres, n'apprirent quoi que ce fût jusqu'au lever du jour, alors que le désastre était déjà consommé.

Les jumeaux revinrent à la maison un peu avant trois heures du matin, appelés d'urgence par leur mère. Ils trouvèrent Angela Vicario effondrée à plat ventre sur un canapé de la salle à manger, le visage violacé par les coups ; mais elle ne pleurait plus. « Je n'avais plus peur, me confia-t-elle. Au contraire, j'avais l'impression qu'on m'avait enfin débarrassée de la corvée de mourir et je voulais seulement que tout finisse au plus vite pour me coucher et dormir. » Pedro Vicario, le plus résolu des deux frères, l'avait soulevée en l'air par la taille et reposée assise sur la table de la salle à manger.

— Alors ? lui avait-il dit en tremblant de rage. C'était qui ? Dis-nous !

Elle avait à peine hésité à prononcer le nom. Elle le chercha dans les ténèbres, elle le trouva du premier coup d'œil, parmi tous ces noms qu'on peut confondre, aussi bien dans ce monde que dans l'autre, et elle le cloua au mur, avec son adresse de chasseresse comme un papillon dont le destin était écrit depuis toujours.

— Santiago Nasar, avait-elle dit.

L'avocat plaida la thèse de l'homicide en état de légitime défense de l'honneur, point de vue qui fut accepté par les jurés, et les jumeaux déclarèrent à la fin du procès qu'ils recommenceraient mille fois s'il fallait le refaire, et pour les mêmes raisons. Ils entrevirent eux-mêmes l'argument de leur défense quand, quelques minutes après le crime, ils vinrent au presbytère se constituer prisonniers. Ils firent irruption dans la maison du curé, talonnés par un groupe d'Arabes surexcités, et posèrent les couteaux aux lames propres sur la table du père Amador. Les deux se sentaient épuisés après le travail barbare de mort auquel ils s'étaient livrés. Ils avaient les bras trempés et le visage barbouillé de sueur et de sang encore vivant. Pourtant le curé évoquait leur reddition comme un acte d'une grande dignité.

— Nous l'avons tué sciemment, dit Pedro Vicario. Mais nous sommes innocents.

— Peut-être devant Dieu, dit le père Amador.

— Devant Dieu et devant les hommes, précisa

Pablo Vicario. Il s'agissait d'une affaire d'honneur.

Mieux : durant la reconstitution les deux frères simulèrent un acharnement beaucoup plus féroce encore que celui dont ils avaient fait preuve lors du crime, à tel point qu'il fallut recourir aux fonds publics pour réparer la porte principale du domicile de Placida Linero, déchiquetée par les coups de couteau. A la maison d'arrêt de Riohacha, où les jumeaux passèrent trois ans dans l'attente du procès car ils n'avaient pas les moyens de payer la caution pour leur liberté conditionnelle, les plus anciens détenus parlaient volontiers de leur bon caractère et de leur esprit de camaraderie, mais ils ne se souvenaient pas d'avoir jamais décelé en eux le moindre signe de repentir. Pourtant, bien des éléments semblaient prouver que les frères Vicario n'avaient rien fait de ce qu'il aurait fallu faire pour tuer Santiago Nasar sur-le-champ et avec discrétion ; au contraire, ils étaient allés, mais en vain, au-delà de l'imaginable pour que quelqu'un les empêche de tuer.

Des années plus tard, les Vicario me confièrent qu'ils étaient d'abord allés le chercher dans l'établissement de Maria-Alexandrina Cervantes, où ils étaient restés en sa compagnie jusqu'à deux heures du matin. Ce détail, comme beaucoup d'autres, n'a pas été consigné à l'instruction. En réalité, Santiago Nasar ne s'y trouvait plus à l'heure où les jumeaux affirment être venus à sa recherche, car nous courions déjà les rues pour une tournée de sérénades et, de toute façon, rien ne prouve qu'ils aient dit vrai. « Ils ne seraient jamais ressortis de chez moi », m'affirma Maria-Alexandrina Cervantes et, la connaissant comme je la connais, je n'ai jamais mis en doute sa parole. En revanche, ils allèrent l'attendre dans la boutique de Clotilde Armenta, où ils étaient sûrs de voir défiler la moitié du village, sauf Santiago Nasar. « C'était le seul établissement ouvert », déclarèrent-ils au juge d'instruction. « Tôt ou tard, il fallait qu'il passe par là ! » me dirent-ils à moi, après leur acquittement. Pourtant, tout le monde savait que la porte principale de Placida Linero demeurait barricadée de l'intérieur, même durant la journée, et que Santiago Nasar avait toujours sur lui les clefs de la porte du fond. Il était, en effet, rentré par là alors que depuis plus d'une heure les jumeaux Vicario l'attendaient de l'autre côté, et s'il était ressorti par la porte de la place pour aller accueillir l'évêque ce fut pour une raison si imprévue que le juge d'instruction lui-même ne parvint jamais à l'élucider.

Jamais mort ne fut davantage annoncée. Après que leur sœur eut révélé le nom, les jumeaux Vicario passèrent par la resserre de la porcherie où ils rangeaient leurs couteaux de boucher, et choisirent les deux meilleurs : un couteau à découper, de dix pouces de long sur deux pouces et demi de large, et un couteau à dégraisser de sept pouces de long sur un pouce et demi de large. Ils les enveloppèrent dans un torchon et allèrent les aiguiser au marché à la viande. Les premiers étals venaient à peine de lever leur rideau. Les clients étaient rares, mais vingt-deux personnes déclarèrent qu'elles avaient entendu tout ce qu'ils avaient dit, et toutes avaient eu le sentiment qu'ils avaient parlé dans le seul but d'être entendus. A trois heures vingt, Faustino Santos, un boucher de leurs amis, qui venait d'ouvrir sa triperie, les vit entrer et ne comprit pas pourquoi ils arrivaient un lundi et de si bonne heure, encore vêtus de leurs costumes sombres de cérémonie. Il était habitué à les voir le vendredi, mais un peu plus tard, et sanglés dans leurs tabliers de cuir, qu'ils enfilaient pour égorger les porcs. « Je pensai qu'ils étaient si ronds, me dit Faustino Santos, que non seulement ils s'étaient trompés d'heure mais aussi de jour. » Il leur avait rappelé que c'était lundi.

— On sait, on sait, fleur-de-mes-deux, lui avait répondu de fort belle manière Pablo Vicario. Nous venons seulement affûter les couteaux.

Ils les repassèrent sur la meule et selon leur bonne habitude : Pedro tenait les deux couteaux qu'il faisait alterner sur la pierre et Pablo tournait la manivelle. En même temps, ils parlaient du faste de la noce avec les autres bouchers. Certains se plaignirent de ne pas avoir reçu leur part du gâteau traditionnel, eux, des compagnons de travail, et les deux frères leur promirent de réparer l'oubli. Finalement, ils firent chanter les couteaux sur la pierre et Pablo approcha le sien de la lampe pour faire luire sa lame.

— Nous allons tuer Santiago Nasar, dit-il.

Leur réputation de braves gens était si solide que personne ne les prit au sérieux. « Nous pensions que c'étaient des salades d'ivrognes », déclarèrent plusieurs bouchers et aussi Victoria Guzman et beaucoup d'autres qui les rencontrèrent plus tard. Le jour où je demandai aux bouchers si le métier d'équarrisseur ne révélait pas certaine prédisposition à tuer un être humain, ils protestèrent : « Quand on sacrifie une bête, on n'ose pas la regarder dans les yeux. » L'un d'eux me dit qu'il ne pouvait pas manger la viande d'un animal qu'il avait égorgé. Un autre m'avoua son incapacité à sacrifier une vache qu'il avait connue, surtout s'il avait bu de son lait. Je leur rappelai que les frères Vicario, eux, saignaient les porcs qu'ils élevaient et qui leur étaient si familiers qu'ils les appelaient par leur nom. « C'est vrai, me répliqua quelqu'un, mais remarquez qu'ils ne leur donnaient pas des noms d'êtres humains. Uniquement des noms de fleurs. » Faustino Santos fut le seul à entrevoir une lueur de vérité dans la menace de Pablo Vicario et il lui demanda en plaisantant pourquoi ils voulaient tuer Santiago Nasar alors que tant de gens riches méritaient de mourir avant lui.

— Santiago Nasar sait pourquoi, lui répondit Pedro Vicario.

Faustino Santos me raconta qu'un doute lui avait trotté dans la cervelle et qu'il l'avait confié à un agent de police venu plus tard acheter une livre de foie pour le petit déjeuner du maire. Le policier, selon l'enquête, s'appelait Leandro Pornoy et mourut l'année suivante, au cours des fêtes patriotiques, d'un coup de corne de taureau dans la veine jugulaire. Il me fut donc impossible de l'interroger, mais Clotilde Armenta me confirma qu'il avait bien été son premier client, alors que les jumeaux Vicario étaient déjà assis chez elle, à attendre leur victime.

Clotilde Armenta venait de remplacer son mari au comptoir. C'était leur système habituel. L'établissement vendait du lait à l'aube, des vivres dans la journée, et à partir de six heures du soir se transformait en débit de boissons. Clotilde Armenta ouvrait son négoce à trois heures et demie du matin. Son mari, le brave don Rogelio de la Flor, se chargeait du bistrot jusqu'à l'heure de la fermeture. Mais cette nuit-là, la noce avait laissé tant de clients en goguette qu'il était allé se coucher à plus de trois heures, sans fermer boutique, car Clotilde Armenta s'était levée plus tôt que de coutume, désireuse d'en finir avant l'arrivée de l'évêque.

Les frères Vicario se présentèrent à quatre heures dix. On ne fournissait à cette heure que du lait mais Clotilde Armenta accepta de leur vendre une bouteille de rhum, parce qu'elle les aimait bien, et aussi pour les remercier de la belle part de gâteau de mariage qu'ils lui avaient fait parvenir. Ils vidèrent la bouteille en deux longues lampées, mais ne bronchèrent pas. « Ils étaient complètement éteints, me dit Clotilde Armenta. Et même avec de l'alcool à brûler on n'aurait pu les secouer. » Puis ils ôtèrent leur veste qu'ils pendirent avec soin au dossier de leur chaise et commandèrent une autre bouteille. La sueur séchée avait jauni leur chemise et une barbe de la veille leur donnait une allure farouche. Ils burent la deuxième bouteille plus lentement, assis, les yeux rivés sur le trottoir d'en face, ou plus exactement sur la maison de Placida Linero dont les fenêtres étaient éteintes. La plus grande, derrière le balcon, était celle de la chambre de Santiago Nasar. Pedro Vicario demanda à Clotilde Armenta si elle avait vu de la lumière à cette fenêtre ; elle lui répondit que non, mais la question excita sa curiosité.

— Il lui est arrivé quelque chose ? demanda-t-elle.

— Rien, répondit Pedro Vicario. Simplement, nous le cherchons pour le tuer.

La réponse fut si spontanée qu'elle crut d'abord à une plaisanterie. Mais elle remarqua que les jumeaux trimbalaient deux couteaux de boucher enveloppés dans des torchons de cuisine.

— Et peut-on savoir pourquoi vous voulez le tuer d'aussi bonne heure ? demanda-t-elle.

— Il sait pourquoi, lui répondit Pedro Vicario.

Clotilde Armenta les dévisagea gravement : elle les connaissait si bien qu'elle pouvait les distinguer l'un de l'autre, surtout depuis que Pedro Vicario était revenu de l'armée. « Ils avaient l'air de deux enfants », me dit-elle. Une réflexion qui l'effraya, car elle avait toujours pensé que seuls les enfants sont capables de tout. Bref, elle avait à peine fini de préparer ses bidons de lait qu'elle alla réveiller son mari pour lui raconter ce qui se passait dans la boutique. Don Rogelio de la Flor l'écouta à demi endormi.

— Ne sois pas idiote, lui dit-il. Ces types-là ne tuent personne, et surtout pas un homme plein de fric.

Quand Clotilde Armenta regagna sa boutique, elle trouva les jumeaux en train de bavarder avec Leandro Pornoy, le policier, venu chercher le lait du maire. Elle n'entendit pas leurs propos mais supposa qu'ils lui avaient confié leur intention, à sa façon de regarder les couteaux quand il sortit.

Le colonel Lazaro Aponte s'était levé un peu avant quatre heures. Il finissait de se raser lorsque l'agent Leandro Pornoy lui révéla le projet des frères Vicario. Il avait apaisé tant de querelles entre compères le soir précédent que celle-ci pouvait bien attendre un peu. Il s'habilla avec calme, refit plusieurs fois son nœud papillon jusqu'à ce qu'il fût impeccable et suspendit à son cou le scapulaire des Enfants de Marie pour aller accueillir l'évêque. Tandis qu'il déjeunait d'une tranche de foie agrémentée de rondelles d'oignon, son épouse lui raconta, très excitée, que Bayardo San Roman avait renvoyé Angela Vicario à ses parents, mais il ne prit pas l'affaire au tragique.

— Doux Jésus, blagua-t-il. Qu'est-ce que Monseigneur va en penser ?

Pourtant, avant d'achever son repas, il se

souvint des paroles de son ordonnance, rapprocha les deux nouvelles et découvrit tout de suite qu'elles se raccordaient comme deux pièces d'un puzzle. Il se dirigea alors vers la place par la rue du nouveau port dont les maisons commençaient à s'animer pour la venue de l'évêque. « Je me souviens avec certitude qu'il était presque cinq heures et qu'il commençait à pleuvoir », me dit le colonel Lazaro Aponte. En cours de route, trois personnes l'avaient arrêté pour lui confier à l'oreille que les frères Vicario attendaient Santiago Nasar pour le tuer, mais une seule avait pu lui préciser l'endroit.

Il les découvrit dans la boutique de Clotilde Armenta. « Quand je les ai vus, je me suis dit qu'ils voulaient simplement faire les bravaches, m'expliqua-t-il avec sa logique particulière, car ils étaient moins soûls que je ne le pensais. » Il ne les interrogea même pas sur leurs intentions : il leur confisqua leurs couteaux et les envoya se coucher. Il les traitait avec cette même suffisance qui lui avait servi à esquiver les craintes de son épouse.

— Réfléchissez. Que va dire l'évêque s'il vous trouve dans cet état ?

Ils sortirent. L'insouciance du maire causa une nouvelle déception à Clotilde Armenta qui pensait qu'il aurait dû coffrer les jumeaux jusqu'à ce que vérité soit faite. Le colonel Aponte lui montra les couteaux comme un argument définitif.

— Ils n'ont plus de quoi tuer personne, dit-il.

— Il ne s'agit pas de cela, dit Clotilde Armenta. Il vaudrait mieux délivrer ces malheureux garçons de l'horrible obligation qui leur est tombée dessus.

Elle l'avait pressenti. Elle avait la certitude que les frères Vicario étaient moins soucieux d'exécuter la sentence que de trouver quelqu'un qui leur rendît le service de les en empêcher. Mais le colonel Aponte était en paix avec sa conscience.

— On n'arrête personne sur de simples soupçons, dit-il. Maintenant, ce qu'il faut faire, c'est prévenir Santiago Nasar, et après cela, bonne nuit et dormez bien !

Clotilde Armenta devait affirmer sa vie durant que la présence excessive du colonel Aponte lui apportait un certain genre de malheurs ; moi en revanche, je le considérais comme un homme heureux, bien qu'un peu perturbé par la pratique du spiritisme qu'il avait appris par correspondance. Son comportement, ce lundi-là, fut la preuve flagrante de sa légèreté. En fait il oublia complètement Santiago Nasar jusqu'au moment où il le vit sur le port et se félicita d'avoir pris une aussi juste décision.

Les frères Vicario avaient fait part de leur intention à plus de douze personnes venues acheter du lait et celles-ci l'avaient ébruitée aux quatre coins du village avant six heures du matin. Il paraissait impossible à Clotilde Armenta qu'on pût l'ignorer dans la maison d'en face. Elle pensait que Santiago Nasar ne s'y trouvait pas car elle n'avait pas vu sa chambre s'allumer, aussi demanda-t-elle à tous ceux qu'elle servit de le prévenir là où ils le rencontreraient. Elle avisa même le père Amador par l'intermédiaire de la novice de service qui venait acheter le lait des bonnes sœurs. Après quatre heures, apercevant de la lumière dans la cuisine de Placida Linero, elle avait envoyé un dernier message urgent à Victoria Guzman par la mendiante qui tous les jours passait là-bas quémander un peu de lait. Lorsque le bateau de l'évêque se mit à beugler, presque tout le monde était sur pied pour le recevoir et nous n'étions que quelques-uns à ignorer encore que les frères Vicario attendaient Santiago Nasar pour le tuer ; en outre, le motif était connu dans ses moindres détails.

Clotilde Armenta n'avait pas fini de vendre son lait que les frères Vicario revenaient avec deux autres couteaux enveloppés dans des journaux. L'un était un couteau à découper, avec une dure lame rouillée de douze pouces de long sur trois pouces de large, que Pedro Vicario avait fabriqué avec le métal d'une scie à chantourner, à l'époque où les couteaux allemands n'arrivaient plus à cause de la guerre. L'autre était plus court, mais large et recourbé. Le juge d'instruction l'avait dessiné dans son rapport, n'ayant pu le décrire peut-être, et se risquant tout juste à indiquer qu'il ressemblait à un cimeterre en miniature. C'est avec ces deux couteaux-là, rudimentaires et très usagés, que le crime fut commis.

Faustino Santos ne put comprendre ce qui s'était passé. « Ils revinrent affûter les couteaux, me dit-il, et ils se remirent à gueuler, pour qu'on les entende, qu'ils allaient étriper Santiago Nasar ; si bien que j'ai cru qu'ils se fichaient de ma figure, d'autant plus que je n'avais pas regardé les couteaux et que je pensais que c'étaient les mêmes. » La deuxième fois, pourtant, Clotilde Armenta avait remarqué dès leur entrée qu'ils paraissaient moins décidés.

En réalité, ils avaient eu leur premier désaccord. Non seulement ils étaient beaucoup plus différents qu'ils ne le paraissaient au physique, mais dans les situations délicates ils montraient des caractères franchement opposés. Leurs amis l'avaient constaté dès l'école primaire. Pablo était l'aîné de six minutes et il se montra plus décidé et plus imaginatif que son frère jusqu'à l'adolescence. Pedro Vicario me sembla toujours plus sentimental et par là même plus autoritaire. A vingt ans, ils s'étaient présentés ensemble au conseil de révision et Pablo Vicario avait été exempté comme soutien de famille. Pedro Vicario servit durant onze mois dans la sécurité du territoire. La discipline de l'armée, ajoutée à la peur de la mort, fit mûrir sa vocation de commandement et son habitude de décider pour son frère. Il en rapporta aussi une blennorragie de caporal-chef qui résista aux traitements de choc de la médecine militaire aussi bien qu'aux piqûres d'arsenic et aux purgations de permanganate du docteur Dionisio Iguaran. On ne réussit à le guérir qu'en prison. Nous reconnaissions, nous, ses amis, que Pablo Vicario s'était brusquement replié dans une étrange soumission de petit dernier le jour où Pedro Vicario avait regagné le domicile familial avec une arrogance de chien de quartier et cette nouvelle manière qu'il avait prise de relever sa chemise pour montrer à qui voulait la voir une cicatrice de balle en séton au côté gauche. Il en arriva même à éprouver une sorte de ferveur devant la blennorragie de grand homme que son frère exhibait comme une décoration pour faits de guerre.

Ce fut Pedro Vicario qui, selon ses propres aveux, prit la décision de tuer Santiago Nasar, alors que son frère, dans un premier temps, se contenta de le suivre. Mais ce fut également lui qui, lorsque le maire les eut désarmés, considéra la mission réparatrice accomplie, ce qui incita Pablo Vicario à prendre la mission en main. Aucun des deux ne mentionna cette divergence dans les dépositions faites séparément devant le juge d'instruction. Pourtant Pablo Vicario me confirma à plusieurs reprises qu'il eut beaucoup de mal à convaincre son frère de mener l'affaire à son terme. Il ne faut peut-être voir là qu'un bref accès de panique, mais le fait est que Pablo Vicario entra seul dans la porcherie y chercher les deux nouveaux couteaux, tandis que son frère était à l'agonie en essayant d'uriner goutte à goutte sous les tamariniers. « Mon frère n'a jamais connu ça, me dit Pedro Vicario. C'était comme si je pissais du verre pilé. » Il étreignait encore l'arbre quand Pablo Vicario était réapparu avec les couteaux. « La douleur lui donnait des sueurs froides, m'expliqua celui-ci. Et il voulut me dire d'aller seul là-bas car il n'était pas en état de tuer qui que ce fût. » Il s'était assis sur un des établis qu'on avait disposés sous les arbres pour le repas de noce et avait baissé son pantalon jusqu'aux genoux. « Il mit au moins une demi-heure à changer la gaze qui lui enveloppait la quéquette », me dit Pablo Vicario. En réalité, Pedro Vicario n'avait guère tardé plus de dix minutes, mais l'opération avait paru si compliquée et si énigmatique à son frère qu'il l'avait interprétée comme une nouvelle ruse pour gagner du temps jusqu'au petit jour. Il lui avait donc glissé le couteau dans la main et l'avait entraîné presque de force à la recherche de l'honneur perdu d'Angela.

— Impossible de faire autrement, lui avait-il dit. C'est comme si la chose avait déjà eu lieu.

Ils sortirent par l'épais vantail de la porcherie avec les couteaux non enveloppés, poursuivis par le tintamarre des chiens dans les cours. Le jour se levait. « Il ne pleuvait pas », se rappelait Pablo Vicario. « Au contraire, se souvenait Pedro, un vent de mer soufflait et on pouvait toucher les étoiles du bout du doigt. » La nouvelle s'était déjà si bien propagée que Hortensia Baute ouvrit sa porte juste au moment où ils passaient et fut la première à pleurer Santiago Nasar. « Je pensai qu'ils l'avaient déjà tué, me dit-elle, car je vis les couteaux briller dans la clarté du réverbère et j'eus l'impression que leurs lames ruisselaient de sang. » L'une des rares maisons ouvertes dans cette rue à l'écart était celle de Prudencia Cotes, la fiancée de Pablo Vicario. Chaque fois qu'ils empruntaient ce chemin à cette heure, et en particulier le vendredi quand ils se rendaient au marché, les jumeaux y entraient boire leur premier café. Ils poussèrent la porte de la cour, harcelés par les chiens qui les reconnurent dans le demi-jour, et saluèrent la mère de Prudencia Cotes dans la cuisine. Le café n'était pas encore prêt.

— Nous le prendrons plus tard, dit Pablo Vicario. Pour le moment nous n'avons pas de temps à perdre.

— J'imagine, mes enfants, leur dit-elle. L'honneur n'attend pas.

Pourtant, ils attendirent et alors ce fut Pedro Vicario qui pensa que son frère traînassait volontairement. Pendant qu'ils buvaient leur café, Prudencia Cotes – en pleine adolescence – entra dans la cuisine avec une pile de vieux journaux pour ranimer le feu. « Je savais ce qu'ils mijotaient, me dit-elle, et non seulement j'étais d'accord, mais j'aurais refusé d'épouser Pablo s'il s'était dérobé à son devoir d'homme. » Avant d'abandonner les lieux, Pablo Vicario arracha plusieurs feuilles à la liasse et en tendit une partie à son frère pour envelopper les couteaux. Prudencia Cotes resta là plantée dans la cuisine, attendant de les voir sortir comme ils étaient entrés ; dès lors, sans un instant de découragement, elle allait attendre pendant trois ans le jour où Pablo Vicario sortirait de prison et deviendrait son époux pour le meilleur et pour le pire.

— Soyez prudents, leur lança-t-elle.

Clotilde Armenta ne manquait donc pas de bon sens quand elle crut déceler chez les jumeaux plus de tiédeur et leur servit une bouteille de tord-boyaux de contrebande avec l'espoir de les achever. « J'ai compris ce jour-là combien nous, les femmes, nous sommes seules au monde ! » me dit-elle. Pedro Vicario lui demanda de lui prêter, pour se raser, le nécessaire de son mari, et elle lui apporta le blaireau, le savon, la glace portative, le rasoir avec une lame neuve, mais il préféra utiliser son couteau à découper. Pour Clotilde Armenta, c'était le comble du machisme. « On aurait dit un dur comme dans les films », commenta-t-elle. Il m'expliqua plus tard, et c'était vrai, qu'à la caserne on lui avait appris à se raser avec un rasoir de barbier et qu'il en avait pris l'habitude. Son frère, lui, se rasa plus modestement avec le rasoir mécanique prêté par don Rogelio de la Flor. Après quoi ils burent très lentement la bouteille, en silence, contemplant, avec cet air hébété des gens qui n'ont pas fermé l'œil, la fenêtre éteinte de la maison d'en face, tandis que de prétendus clients entraient sous le prétexte fallacieux d'acheter du lait et demandaient des produits qui n'existaient pas, rien que pour constater que les jumeaux attendaient bien Santiago Nasar pour le tuer.

Les frères Vicario ne devaient pas voir cette fenêtre s'éclairer. Santiago Nasar rentra chez lui à quatre heures vingt mais il n'eut pas à allumer pour gagner sa chambre, la lampe de l'escalier brûlant toute la nuit. Il se jeta sur son lit dans l'obscurité, tout habillé, car il ne lui restait qu'une heure pour dormir, et c'est ainsi que Victoria Guzman le découvrit quand elle monta le réveiller pour aller recevoir l'évêque. Nous nous étions attardés lui et moi au doux asile de Maria-Alexandrina Cervantes jusqu'à plus de trois heures, c'est-à-dire jusqu'au moment où elle avait renvoyé les musiciens et éteint la piste de danse du patio pour que ses mulâtresses de joie puissent aller seules au lit se reposer. Cela faisait trois jours et trois nuits qu'elles travaillaient sans fermer l'œil, d'abord en accueillant discrètement les hôtes d'honneur du mariage, et ensuite en soulageant en vrac et sans manières ceux d'entre nous que la grande bacchanale avait laissés insatisfaits. Maria-Alexandrina Cervantes, dont nous disions qu'elle ne dormirait qu'une fois morte, était à ma connaissance la femme la plus élégante et la plus tendre, et au lit la plus complaisante, mais aussi la plus stricte. Elle était née ici, y avait grandi et vivait toutes portes ouvertes, dans une maison où elle louait des chambres et où l'on pouvait danser sur une immense piste à ciel ouvert à la lumière de lampions achetés dans les bazars chinois de Paramaribo. C'est elle qui mit à mal les pucelages de toute ma génération. Elle nous en apprit peut-être beaucoup plus long que le nécessaire, mais avant tout qu'aucun endroit sur cette terre n'était plus triste qu'un lit vide. Santiago Nasar perdit la tête dès qu'il la vit. Je l'avais mis en garde : « *Faucon qui fraies avec la grue guerrière, fini pour toi la paix d'hier.* » Mais il ne m'écouta pas, abasourdi par les trilles chimériques de Maria-Alexandrina Cervantes. Elle fut sa passion frénétique, la maîtresse de ses larmes de gamin de quinze ans, jusqu'au jour où Ibrahim Nasar le chassa de son lit à coups de ceinturon et le cloîtra durant plus d'une année à *El divino rostro.* Ils restèrent liés par une affection profonde, mais sans les désordres de l'amour, et elle le respecta au point de ne plus coucher avec personne lorsqu'il était présent. Depuis les dernières vacances, elle nous congédiait de bonne heure sous le prétexte invraisemblable qu'elle était fatiguée, oubliant il est vrai de barricader sa porte et laissant une lampe allumée dans le vestibule pour que je puisse venir la retrouver en cachette.

Santiago Nasar avait un talent presque magique pour les déguisements et son plaisir favori était de métamorphoser les mulâtresses. Il mettait à sac les armoires des unes pour travestir les autres, tant et si bien que toutes finissaient par se sentir différentes d'elles-mêmes et par ressembler à qui elles n'étaient pas. Une fois, l'une des filles vit dans une compagne son portrait si parfait qu'elle fondit en larmes. « J'ai cru que j'étais sortie de mon miroir », dit-elle. Pourtant, la nuit du meurtre, Maria-Alexandrina Cervantes ne permit pas à Santiago Nasar de se livrer pour la dernière fois à ses artifices de magicien et les prétextes qu'elle invoqua furent si futiles que le goût amer de ce souvenir changea sa vie. Bref, nous entraînâmes les musiciens dans une tournée de sérénades et continuâmes la fête de notre côté, tandis que les Vicario attendaient Santiago Nasar pour le tuer. Ce fut lui qui imagina, à presque quatre heures du matin, de monter jusqu'à la colline du veuf Xious pour donner l'aubade aux nouveaux mariés.

Non seulement nous chantâmes sous leurs fenêtres, mais nous lançâmes des fusées et fîmes éclater des pétards dans les jardins, sans surprendre le moindre signe de vie à l'intérieur de la villa. L'idée ne nous vint pas qu'elle fût déserte, d'autant que la voiture neuve stationnait, encore décapotée, devant la porte, avec les rubans de satin et les bouquets de fleurs d'oranger en paraffine qu'on y avait accrochés durant la fête. Mon frère Luis Enrique, qui jouait de la guitare comme un professionnel, improvisa en l'honneur des jeunes époux une chanson lourde de sous-entendus de circonstance. Jusqu'alors il n'avait pas plu. Au contraire, la lune trônait au milieu du ciel, l'air était diaphane et on voyait au fond du précipice la traînée lumineuse formée par les feux follets du cimetière. Au-delà, on apercevait les jeunes plants de bananiers, bleus sous la lune, les marécages tristes et, à l'horizon, la ligne phosphorescente de la mer des Antilles.

Santiago Nasar signala sur l'eau une lueur intermittente et nous dit qu'il s'agissait de l'âme en peine d'un bateau négrier qui avait sombré avec une cargaison d'esclaves sénégalais en vue de la grande anse de Carthagène-des-Indes. Il était inimaginable de penser qu'il éprouvait alors le moindre trouble de conscience, et d'ailleurs il ignorait que la vie conjugale et éphémère d'Angela Vicario s'était achevée deux heures plus tôt. Bayardo San Roman, qui ne voulait pas que le bruit de l'auto attirât avant l'heure l'attention des gens sur son infortune, l'avait reconduite à pied chez ses parents et se trouvait à nouveau seul, toutes lampes éteintes, dans ce qui avait été l'heureuse villa du veuf Xious.

Comme nous descendions la colline, mon frère nous invita à un petit déjeuner de poisson frit dans une des tavernes du marché, mais Santiago Nasar refusa car il voulait dormir une heure, jusqu'à l'arrivée de l'évêque. Il s'éloigna, en compagnie de Cristo Bedoya, par la rive du fleuve, longeant les gargotes misérables qui commençaient à s'éclairer dans l'ancien port. Avant de disparaître au coin de la rue, il nous fit de la main un signe d'adieu. Nous ne devions plus le revoir.

Cristo Bedoya et lui convinrent de se retrouver sur le port et se séparèrent devant la porte du fond. Les chiens, quand il entrait, aboyaient par habitude, mais il les calmait dans la pénombre en agitant ses clefs. Victoria Guzman surveillait sa cafetière sur le fourneau quand il passa par la cuisine, se dirigeant vers l'intérieur de la maison. Elle l'appela :

— Le café va être prêt.

Il lui dit qu'il le prendrait plus tard et lui demanda d'envoyer Divina Flor le réveiller à cinq heures et demie en n'oubliant pas de lui apporter une tenue propre, semblable à celle qu'il avait sur lui. Il venait de se coucher quand Victoria Guzman vit arriver la mendiante, laquelle lui confia le message de Clotilde Armenta. A cinq heures trente, elle exécuta l'ordre donné, mais préféra se rendre elle-même dans la chambre avec le costume de lin demandé, car elle ne perdait aucune occasion de préserver sa fille des pattes de ce boyard.

Maria-Alexandrina Cervantes n'avait pas verrouillé la porte de son établissement. Je pris congé de mon frère, traversai le couloir où dormaient les uns sur les autres, au milieu des tulipes, les chats des mulâtresses et poussai sans frapper la porte de la chambre. Les lumières étaient éteintes mais, à peine entré, je perçus l'odeur du corps tiède et vis les yeux de panthère en éveil briller dans l'obscurité ; puis je sombrai dans l'inconscience jusqu'au moment où les cloches se mirent à sonner.

En retournant à la maison, mon frère s'arrêta pour acheter des cigarettes dans la boutique de Clotilde Armenta. Il avait tellement bu que ses souvenirs de cette rencontre sont restés des plus nébuleux ; pourtant, il n'oublia jamais la rasade mortelle que lui offrit Pedro Vicario. « De la cire bouillante », me dit-il. Pablo Vicario, qui s'était endormi, se réveilla en sursaut quand il l'entendit entrer et lui montra le couteau.

— Nous allons tuer Santiago Nasar, lui dit-il.

Mon frère ne se souvenait plus de rien. « De toute façon, personne ne l'aurait cru, m'a-t-il répété souvent. Quel abruti aurait pu imaginer que les jumeaux allaient tuer quelqu'un, et surtout avec un couteau à cochons ! » Après cela, les deux hommes lui demandèrent où se trouvait Santiago Nasar, car ils les avaient vus ensemble à deux heures, et mon frère non plus ne s'est pas souvenu de sa réponse. Mais Clotilde Armenta et les Vicario furent si étonnés par ce qu'ils entendirent qu'ils l'ont rapporté, chacun de leur côté, dans leurs déclarations au juge d'instruction. « Santiago Nasar est mort », aurait-il alors répondu. Puis il avait esquissé un grand geste de bénédiction épiscopale, et après avoir buté contre le rebord de la porte, il était sorti en piquant du nez, les jambes flageolantes. Au milieu de la place, il avait croisé le père Amador qui, en aube et pluviale, se rendait au port, suivi d'un enfant de chœur qui agitait une clochette et de plusieurs diacres qui transportaient l'autel portatif pour la messe en plein air de l'évêque. En les voyant passer, les frères Vicario se signèrent.

Clotilde Armenta me raconta qu'ils avaient perdu leurs dernières espérances quand le curé était passé devant chez elle sans s'arrêter. « J'ai pensé qu'on ne lui avait pas fait la commission », dit-elle. Pourtant, des années plus tard, alors qu'il vivait retiré du monde dans la sinistre maison de santé de Calafell, le père Amador m'avoua qu'il avait bien reçu le message de Clotilde Armenta, et même d'autres appels plus pressants, au moment où il se préparait à partir pour le port : « En vérité, je n'ai pas su quoi faire. J'ai d'abord pensé que cette chose-là ne me regardait pas, qu'elle concernait l'autorité civile, et puis j'ai décidé d'en parler en passant à Placida Linero. » Mais voilà, il avait traversé la place et oublié. « Vous devez comprendre, me dit-il, ce maudit lundi arrivait l'évêque. » Après le crime, il s'était senti si désespéré, et si peu fier de lui, qu'il n'avait rien trouvé d'autre que de faire sonner le tocsin.

Mon frère Luis Enrique rentra chez nous par la porte de la cuisine, que ma mère ne verrouillait pas pour nous permettre de regagner nos chambres sans attirer l'attention de mon père. Avant de se coucher, il alla au petit coin mais s'endormit assis sur la tinette, et quand mon frère Jaime se leva pour se rendre à l'école, il le trouva affalé à plat ventre sur le carrelage, et chantant dans son sommeil. Ma sœur la nonne qui ne put descendre au débarcadère accueillir l'évêque parce qu'elle avait une gueule de bois carabinée, ne parvint pas à le réveiller. « Cinq heures sonnaient quand je suis allée aux toilettes », me dit-elle. Ce fut, plus tard, ma sœur Margot, en entrant se doucher avant de partir pour le port, qui réussit à le traîner à grand-peine jusqu'à son lit. De l'autre rive du sommeil, il entendit, sans ouvrir les yeux, les premiers beuglements du bateau de l'évêque. Puis il s'endormit comme une masse, épuisé par la bombance, jusqu'au moment où ma sœur la nonne entra dans la chambre en essayant d'enfiler sa bure au pas de course. Elle le réveilla de son cri de folle :

— On a tué Santiago Nasar !

Les plaies provoquées par les couteaux ne furent que les prémices d'une autopsie sans pitié que le père Carmen Amador se vit dans l'obligation de pratiquer en l'absence du docteur Dionisio Iguaran. « Un peu comme si nous l'avions tué une seconde fois après sa mort, me dit le vieux curé dans sa retraite de Calafell. Mais l'ordre venait du maire, et les ordres de ce sauvage avaient beau être stupides, il fallait les exécuter. » Ce n'était pas tout à fait vrai. Dans la confusion de ce lundi absurde, le colonel Aponte avait eu une conversation télégraphique urgente avec le gouverneur de la province, lequel l'avait autorisé à faire les premiers constats en attendant l'arrivée d'un juge d'instruction. Le maire était un ancien officier d'active sans expérience en matière de justice, et il était trop imbu de sa personne pour s'informer auprès d'un spécialiste des mesures à prendre dans un tel cas. L'autopsie fut donc son premier souci. Cristo Bedoya, étudiant en médecine, en fut dispensé grâce à ses liens d'amitié avec Santiago Nasar. Le maire pensa que le corps pouvait être conservé congelé jusqu'au retour du docteur Iguaran mais il ne découvrit aucun réfrigérateur de taille humaine ; la seule chambre froide appropriée se trouvait au marché, mais elle était hors d'usage. Etendu sur un étroit lit de fer au centre du salon, le cadavre fut exposé à la curiosité publique tandis qu'on lui fabriquait un cercueil de riche. On avait transporté dans la pièce les ventilateurs des autres chambres, et certains des maisons voisines, et pourtant la chaleur restait insupportable ; les gens se pressaient si nombreux pour le voir qu'il fallut déménager les meubles et décrocher les cages et les pots de fougères. Par-dessus le marché les chiens, excités par l'odeur de la mort, rendaient les choses encore plus angoissantes. Ils n'avaient pas cessé de hurler depuis mon entrée dans la maison, alors que Santiago Nasar agonisait encore dans la cuisine, et où je trouvai Divina Flor qui sanglotait à hauts cris et les maintenait à distance avec une trique.

— Aide-moi, me cria-t-elle. Car ils veulent lui bouffer les tripes.

Nous les enfermâmes dans l'écurie. Un peu plus tard, Placida Linero donna l'ordre de les emmener dans un endroit isolé jusqu'après l'enterrement. Mais vers midi et sans qu'on sût comment, ils s'échappèrent et débouchèrent comme des fous dans la maison. Placida Linero, pour une fois, perdit la tête.

— Ces chiens de merde ! hurla-t-elle. Abattez-les !

La sentence fut exécutée sur-le-champ et la

maison retrouva son silence. Jusqu'alors l'état du corps n'avait donné aucune inquiétude. Le visage était resté intact, avec cette expression qu'avait Santiago Nasar quand il chantait, et Cristo Bedoya lui avait rentré les viscères en bonne et due place et bandé le ventre avec une ceinture de toile. Pourtant, durant l'après-midi, une humeur couleur de sirop se mit à sourdre des blessures, attirant les mouches, et une tache violette apparut près de la bouche, qui, comme l'ombre d'un nuage s'étend sur l'eau, gagna la racine des cheveux. Le visage qui fut toujours indulgent prit l'allure d'un ennemi, la mère le couvrit d'un mouchoir. Le colonel Aponte, comprenant alors qu'il n'était plus possible d'attendre, ordonna au père Amador de pratiquer l'autopsie. « Il eût été pire de l'exhumer une semaine plus tard pour cela », dit-il. Le curé avait fait ses études de médecine et de chirurgie à Salamanque, mais il était entré au séminaire avant d'obtenir ses diplômes, et le maire lui-même n'ignorait pas qu'une autopsie faite par lui n'avait pas de valeur légale. Il la décréta cependant.

Le massacre fut perpétré dans les locaux de l'école publique, avec l'aide de l'apothicaire, qui prenait les notes, et d'un étudiant de première année de médecine qui se trouvait là en vacances. Ils ne disposaient que de quelques instruments de petite chirurgie, le reste étant constitué par des outils d'artisan. Malgré tout, si l'on put déplorer les mutilations faites au cadavre, le rapport du père Amador parut des plus corrects et fut intégré au dossier, comme une pièce utile, par le juge d'instruction.

Sept des nombreuses blessures étaient mortelles. Le foie était presque sectionné par deux profondes perforations à la paroi antérieure. L'estomac présentait quatre incisions dont l'une était si profonde qu'elle l'avait traversé de part en part, détruisant aussi le pancréas. On trouvait six perforations de moindre importance dans le côlon transverse et de multiples blessures à l'intestin grêle. La seule blessure dorsale, située au niveau de la troisième vertèbre lombaire, avait perforé le rein droit. D'épais caillots de sang occupaient la cavité abdominale, et au milieu de la bouillie formée par le contenu gastrique apparut une médaille d'or de la Vierge du Carmel que Santiago Nasar avait avalée à l'âge de quatre ans. La cage thoracique présentait elle aussi deux perforations : l'une, dans le deuxième espace intercostal droit, qui avait réussi à atteindre le poumon ; l'autre, à deux doigts de l'aisselle gauche. Il avait en outre six blessures légères aux bras et aux mains, et deux entailles horizontales : à la cuisse droite et aux muscles de l'abdomen. Plus un trou profond à la paume droite. « On aurait dit une des cinq plaies du Christ », indique le rapport. La masse encéphalique pesait soixante grammes de plus que celle d'un Anglais normal, aussi le père Amador consigna-t-il dans ses remarques que Santiago Nasar avait une intelligence supérieure et un avenir brillant. Il est vrai que dans la note finale il signalait une hypertrophie du foie qu'il attribuait à une hépatite mal soignée. « En d'autres termes, me dit-il, il ne lui restait de toute façon que très peu d'années à vivre. » Le docteur Iguaran, qui avait effectivement soigné Santiago Nasar d'une hépatite quand il avait douze ans, se rappelait avec indignation cette autopsie. « Seul un curé pouvait être imbécile à ce point, me dit-il. Nous n'avons jamais réussi à lui faire comprendre que nous, sous les tropiques, nous avons le foie plus volumineux que les Espingouins. » Le rapport concluait que la mort était due à une hémorragie massive provoquée par l'une ou l'autre des sept blessures principales.

On nous restitua un corps méconnaissable. La trépanation avait mutilé la moitié du crâne et le visage du beau garçon que la mort avait épargné cessa définitivement d'être identifiable. Et puis, le curé avait extirpé toutes les tripes et, finalement, ne sachant qu'en faire, leur avait expédié une bénédiction rageuse et les avait jetées à la poubelle. Cela suffit pour dégoûter les derniers curieux qui se pressaient aux fenêtres de l'école. L'étudiant en médecine se perdit dans la nature et le colonel Lazaro Aponte, qui avait vu et causé tant de massacres au nom de l'ordre public, ajouta dès lors à sa qualité de spirite celle de végétarien. La carcasse vidée, bourrée de chiffons et de chaux vive, et grossièrement recousue avec de la ficelle d'emballage et des aiguilles de bourrelier, était sur le point de se disloquer quand nous la déposâmes dans le cercueil capitonné de soie. « Je pensais qu'il se conserverait plus longtemps ainsi », me dit le père Amador. Ce fut le contraire qui arriva : nous dûmes l'enterrer de toute urgence dès l'aube car il était dans un tel état qu'on ne pouvait plus le supporter à la maison.

Un sombre mardi se levait. Je ne me sentais pas le courage de dormir seul après cette oppressante journée et je poussai la porte de Maria-Alexandrina Cervantes en espérant qu'elle ne l'avait pas verrouillée. Les lampions étaient allumés dans les arbres, et dans la cour où l'on avait dansé, des feux de bois brûlaient sous d'énormes marmites fumantes dans lesquelles les mulâtresses teignaient en noir leurs robes de fête pour porter le deuil de Santiago Nasar. Je trouvai Maria-Alexandrina Cervantes réveillée comme toujours au petit matin, et complètement nue comme toujours aussi quand il n'y avait pas d'étrangers dans la maison. Elle était assise à la turque sur son lit de reine, devant un plateau de victuailles babylonien : des côtes de veau, une poule au pot, de l'échine de porc et une garniture de bananes et de légumes pour cinq personnes. Manger sans mesure fut toujours sa seule façon de pleurer et jamais je ne l'avais vue se goinfrer avec autant de tristesse. Je m'étendis auprès d'elle, tout habillé, sans parler ou presque, pleurant moi aussi à ma façon. Je pensai à la férocité du destin de Santiago Nasar, qui lui avait ravi vingt ans de bonheur non seulement en lui ôtant la vie mais aussi en le découpant, en l'éparpillant, en le réduisant à rien du tout. Je rêvai qu'une femme entrait dans la chambre avec une fillette dans les bras ; l'enfant croquait sans reprendre souffle des grains de maïs qui tombaient à demi mâchés sur son corsage. La femme me disait : « Elle mâchonne comme une tête de linotte, tantôt elle paresse et tantôt elle se presse. » Soudain des doigts impatients se mirent à déboutonner ma chemise, l'odeur dangereuse de la bête d'amour couchée contre mon dos chatouilla mes narines et je sentis que je m'enfonçais dans les délicieux sables mouvants de sa tendresse. Mais elle s'arrêta brusquement, toussa de très loin et se glissa hors de ma vie.

— Je ne peux pas, dit-elle. Tu as son odeur.

Je ne fus pas le seul. Ce jour-là tout finit par prendre l'odeur de Santiago Nasar. Les frères Vicario la respirèrent dans le cachot où le maire les avait enfermés tandis qu'il réfléchissait à ce qu'il allait faire de leurs personnes. « J'avais beau me frotter de toutes mes forces avec du savon et une éponge, je ne pouvais chasser l'odeur », me dit Pedro Vicario. Ils n'avaient pas dormi depuis trois nuits, mais n'arrivaient pas à se reposer car dès qu'ils commençaient à s'endormir, ils se reprenaient à commettre leur crime. Pablo Vicario était déjà presque un vieillard quand, essayant de m'expliquer son état durant ce jour interminable, il me déclara sans hésitation : « C'était comme être éveillé deux fois. » Cette phrase me fit penser que le plus insupportable pour eux dans leur prison avait dû être la lucidité.

La cellule mesurait trois mètres sur trois et comportait un soupirail très haut muni de barreaux, un seau hygiénique, une table de toilette avec sa cuvette et son broc et deux lits de béton couverts de paillasses. Le colonel Aponte, qui l'avait fait construire, affirmait qu'il n'y avait jamais eu d'hôtel plus humain. Mon frère Luis Enrique était de son avis pour y avoir passé une nuit à la suite d'une querelle entre musiciens, et le maire ayant eu la charité d'autoriser une des mulâtresses à l'accompagner. Peut-être les Vicario pensèrent-ils la même chose, à huit heures du matin, quand ils s'y retrouvèrent hors de portée des Arabes. A ce moment ils se sentaient réconfortés par la fierté du devoir accompli, et seule la persistance de l'odeur les inquiétait. Ils demandèrent de l'eau en abondance, du savon noir et une éponge et firent disparaître le sang de leurs bras et de leurs visages ; ils lavèrent aussi leurs chemises, mais ne parvinrent pas à fermer l'œil. Pedro Vicario réclama aussi ses purgations et diurétiques, et un rouleau de gaze stérile pour changer son pansement ; il put uriner deux fois durant la matinée. Pourtant, leur vie devint de plus en plus pénible au fur et à mesure que le jour s'écoulait, si bien que l'odeur passa au second plan de leurs préoccupations. A deux heures, alors qu'ils auraient pu s'abandonner à l'engourdissement provoqué par la chaleur, Pedro Vicario était si fatigué qu'il ne pouvait plus rester allongé sur son lit, mais cette même fatigue l'empêchait de se tenir debout. Sa douleur à l'aine lui montait jusqu'au cou, il n'urinait plus et éprouvait l'horrible certitude qu'il ne dormirait plus de toute sa vie. « Je suis resté onze mois éveillé », me confia-t-il, et je le connaissais suffisamment pour savoir qu'il disait vrai. Il ne put déjeuner. Pablo Vicario, lui, mangea un peu de tout ce qu'on leur apporta, mais au bout d'un quart d'heure il se mit à se tordre sous l'effet d'une diarrhée pestilentielle. A six heures, tandis qu'on autopsiait le cadavre de Santiago Nasar, le maire fut appelé d'urgence car Pedro Vicario était persuadé qu'on avait empoisonné son frère. « Je me vidais, me dit Pablo Vicario. Et nous ne pouvions nous ôter du ciboulot que c'était un coup de salaud des Arabes. » Il avait fait déborder par deux fois le seau hygiénique de la cellule et le surveillant l'avait conduit à six reprises aux cabinets de la mairie. C'est là que le colonel Aponte l'avait trouvé, tenu en joue par le garde, dans le petit coin sans porte, et déféquant avec une telle fluidité qu'il n'était pas absurde de penser à un empoisonnement. Mais on écarta l'hypothèse dès qu'il fut prouvé que l'eau qu'il avait bue et le repas qu'il avait pris avaient été envoyés par Pura Vicario. Le maire en demeura pourtant impressionné, au point d'emmener sous bonne escorte les prisonniers chez lui, jusqu'à l'arrivée du juge d'instruction, qui les fit transférer à la maison d'arrêt de Riohacha.

La crainte des jumeaux correspondait à l'état

d'esprit des gens du village. On n'écartait pas la possibilité de représailles de la part des Arabes mais personne, à l'exception des frères Vicario, n'avait songé au poison. On supposait plutôt qu'ils attendraient la nuit pour répandre de l'essence par le soupirail et griller les prisonniers dans leur cachot. C'était là une supposition vraiment gratuite. Les Arabes formaient une communauté d'immigrants pacifiques ; ils s'étaient installés au début du siècle dans les villages des Caraïbes, même les plus pauvres et les plus lointains, et y étaient restés pour y vendre des nippes de couleur et des babioles de fête foraine. Ils étaient unis, travailleurs et catholiques. Ils se mariaient entre eux, importaient leur blé, élevaient des agneaux dans les cours et cultivaient l'origan et l'aubergine, n'affichant qu'une passion tempétueuse : les cartes. Les plus âgés continuèrent de parler l'arabe de leurs campagnes natales et le conservèrent intact en famille jusqu'à la deuxième génération, mais ceux qui suivirent, à l'exclusion de Santiago Nasar, écoutaient leurs parents s'exprimer en arabe et leur répondaient en espagnol. Il semblait donc inconcevable qu'ils bouleversent brusquement une tradition pastorale pour venger une mort dont n'importe lequel d'entre nous aurait pu se rendre coupable. Par contre, nul ne songea à des représailles venant de la famille de Placida Linero, gens de pouvoir et de guerre jusqu'au jour où leur fortune s'était épuisée, et qui avaient engendré plus d'un arsouille de comptoir, tous conservés dans la saumure du nom qu'ils portaient.

Le colonel Aponte, que les rumeurs préoccupaient, rendit visite aux Arabes, famille par famille, et dans cette circonstance au moins en tira une conclusion valable. Il les trouva indécis et tristes devant leurs autels en deuil ; et si certains pleuraient à grands cris, assis par terre, aucun ne couvait d'intentions vengeresses. Les réactions du matin avaient surgi dans le feu du crime et les protagonistes eux-mêmes reconnurent qu'en aucun cas ils ne seraient allés plus loin que les coups. Mieux : ce fut Soussémé Abd-Allah, la matrone centenaire, qui prescrivit l'infusion miraculeuse de passiflore et d'absinthe mûre qui coupa net la dysenterie de Pablo Vicario en même temps qu'elle libéra le jet fleuri de son jumeau. Pedro Vicario sombra alors dans une douce somnolence et son frère, requinqué, s'abandonna à son premier sommeil sans remords. C'est dans cet état que Purisima Vicario les trouva le mardi, à trois heures du matin, quand le maire la conduisit dans leur cellule. Elle venait leur faire ses adieux.

La famille partit au grand complet – même les filles aînées avec leurs époux – sur l'initiative du colonel Aponte. Ils s'en allèrent sans être aperçus de personne, profitant de l'épuisement général, tandis que nous, les seuls survivants éveillés de ce jour mémorable, nous enterrions Santiago Nasar. Ils se retirèrent en attendant que les esprits retrouvent leur calme, obéissant à la décision du maire, mais ils ne revinrent jamais. Pura Vicario avait entouré d'un chiffon le visage de sa fille répudiée pour qu'on ne vît pas les ecchymoses et elle l'avait affublée d'une robe rouge vif pour que les gens n'imaginent pas qu'elle portait le deuil de son amant secret. Avant de prendre la route, elle demanda au père Amador de confesser ses deux fils dans leur prison, mais Pedro Vicario s'y refusa et convainquit son frère : ils n'avaient aucune raison de se repentir. Ils restèrent seuls et le jour de leur transfert à Riohacha les trouva si bien rétablis et si convaincus de leur bon droit qu'ils refusèrent de partir en pleine nuit, comme leurs parents, pour le faire en plein jour et à visage découvert. Poncio Vicario, le père, mourut peu après. « La douleur morale l'emporta », me dit Angela Vicario. Les jumeaux, lorsqu'ils furent acquittés, restèrent à Riohacha, à une journée de voyage seulement de Manaure, où vivait leur famille. Prudencia Cotes s'y rendit pour épouser en justes noces Pablo Vicario, lequel apprit à travailler l'or dans l'atelier paternel et finit par devenir un maître orfèvre. Pedro Vicario, sans amours ni emploi, réintégra trois ans plus tard les forces armées et gagna les galons de sergent-chef ; par une matinée splendide, il s'enfonça avec sa patrouille dans une zone de guérilla, en chantant des airs de bordel, et l'on n'entendit plus jamais parler d'eux.

Pour la plupart des gens, il n'y avait eu qu'une victime : Bayardo San Roman. On supposait que les autres protagonistes de la tragédie avaient joué avec dignité et même avec une certaine grandeur le rôle privilégié que la vie leur avait réservé. Santiago Nasar avait expié l'outrage, les frères Vicario avaient prouvé leur condition d'hommes bien nés et la sœur abusée était rentrée en possession de son honneur. Le seul à avoir tout perdu était Bayardo San Roman. « Ce pauvre Bayardo », devait-on dire durant des années, chaque fois qu'on l'évoquait. Force est d'avouer que tout le monde l'avait oublié quand le samedi suivant, après l'éclipse de lune, le veuf Xious raconta au maire qu'il avait vu un oiseau phosphorescent battre des ailes au-dessus de son ancienne maison et que cet oiseau, à son avis, n'était autre que l'âme en peine de son épouse qui venait réclamer son dû. Le maire se frappa le front : une tape qui n'avait rien à voir avec la vision du veuf.

— Merde, alors ! cria-t-il. Ce malheureux m'était complètement sorti de l'esprit !

Il escalada la colline, accompagné d'une patrouille, y trouva devant la villa l'auto décapotée et vit dans la chambre une lumière solitaire, mais ne reçut aucune réponse à ses appels. On se décida donc à forcer une porte latérale et tous parcoururent les pièces éclairées par les braises de l'éclipse. « Tout semblait reposer sous les eaux », me raconta le maire. Bayardo San Roman se tenait allongé sur son lit, inconscient, vêtu de son pantalon de fantaisie et de sa chemise de soie, tel que l'avait vu Pura Vicario à l'aube du lundi, mais il avait enlevé ses chaussures. Sur le plancher il y avait des bouteilles vides, et un nombre beaucoup plus important encore de bouteilles non débouchées près du lit, mais aucune trace de nourriture. « Il était au dernier degré de l'intoxication éthylique », me dit le docteur Iguaran, appelé d'urgence. Quelques heures lui suffirent à se rétablir, et aussitôt retrouvée la raison, il mit tout le monde dehors aussi poliment qu'il le pouvait.

— Que personne ne me fasse chier, dit-il. A commencer par mon père, avec ses couilles de vétéran.

Le maire informa le général Petronio San Roman de l'épisode par un télégramme alarmant citant mot pour mot la phrase finale. Le général San Roman dut prendre au pied de la lettre la volonté de son fils car il ne vint pas le chercher mais dépêcha son épouse flanquée de ses filles et de deux autres femmes d'âge mûr qui semblaient être ses sœurs. Elles arrivèrent à bord d'un cargo, boutonnées de noir jusqu'au cou, échevelées de douleur. Avant de fouler la terre ferme elles se déchaussèrent puis traversèrent les rues pieds nus jusqu'à la colline, dans la poussière brûlante de midi, en s'arrachant des mèches de cheveux et en pleurant avec des cris si déchirants qu'ils ressemblaient à des cris de joie. Je les vis passer, du balcon de Magdalena Oliver, et je me souviens d'avoir pensé qu'une telle affliction ne servait qu'à dissimuler des hontes plus graves.

Le colonel Lazaro Aponte les accompagna à la maison de la colline, où le docteur Dionisio Iguaran les rejoignit plus tard, monté sur sa mule des secours d'urgence. Quand l'ardeur du soleil s'apaisa, deux employés municipaux descendirent Bayardo San Roman dans un hamac suspendu à une perche, un Bayardo San Roman recouvert jusqu'aux yeux d'une couverture et escorté de ses pleureuses. Magdalena Oliver crut qu'il était mort.

— *Collons de déu!* s'écria-t-elle. Quel gâchis !

Il était à nouveau soûl démoli, mais on avait du mal à croire qu'on l'emportait vivant car son bras droit traînait à terre et dès que sa mère le relevait dans le hamac il retombait, si bien qu'il creusa un sillon sur le sol, de la corniche de la villa au pont du bateau. Ce fut le dernier souvenir qu'il nous laissa : celui d'une victime.

La villa resta telle quelle. Les nuits de nouba, quand nous revenions en vacances, mon frère et moi montions l'explorer, mais nous retrouvions de moins en moins d'objets de valeur dans les pièces abandonnées. Nous sauvâmes du pillage la mallette qu'Angela Vicario avait demandée à sa mère la nuit de ses noces, sans attacher à notre trouvaille la moindre importance. Le contenu paraissait se limiter à ces menus objets nécessaires à l'hygiène et à la beauté d'une femme, et je n'en connus l'utilité véritable que le jour où Angela Vicario me raconta, longtemps après, les filouteries de bonne femme qu'on lui avait enseignées pour blouser le mari. Elle n'avait laissé d'autre trace dans cette maison qui avait été, pour cinq heures seulement, son foyer de jeune mariée.

Des années plus tard, quand j'y revins chercher pour cette chronique les derniers témoignages, même les vestiges du bonheur de Yolanda Xious s'étaient envolés. Tout avait disparu peu à peu, malgré la vigilance obstinée du colonel Lazaro Aponte, y compris l'armoire à six glaces que les maîtres chanteurs de Mompox avaient dû démonter et remonter à l'intérieur de la maison parce qu'elle ne passait pas par la porte. Les premiers temps, le veuf Xious était ravi, pensant qu'il s'agissait de manœuvres posthumes utilisées par son épouse pour emporter ce qui était à elle. Le colonel Lazaro Aponte se moquait de lui. Pourtant, une nuit, il eut l'idée de célébrer une messe spirite afin d'éclaircir le mystère et l'âme de Yolanda Xious lui confirma en toutes lettres que c'était bien elle qui récupérait pour sa maison du pays des morts les débris de son bonheur. La villa commença à se disloquer. L'auto des mariés se déglinguait de jour en jour devant la porte et finit par n'être plus qu'une carcasse pourrie par les intempéries. Durant des années et des années on ne sut plus rien de son propriétaire. Le dossier d'instruction comporte sa déposition, mais si succincte et si banale qu'on la croirait bâclée au dernier moment pour satisfaire à une obligation inéluctable. Vingt-trois ans plus tard, j'essayai de lui parler mais il me reçut avec une certaine agressivité et refusa de me confier les moindres détails qui eussent permis de clarifier même légèrement le rôle qu'il avait joué dans le drame. Ses parents n'en savaient guère plus long et ignoraient ce qu'il était venu faire dans ce patelin perdu, sans autre but apparent que celui de se marier avec une femme qu'il n'avait jamais vue.

D'Angela Vicario, par contre, des trombes de nouvelles n'ont cessé de me parvenir, qui m'ont incliné à idéaliser son image. Ma sœur la nonne, qui parcourut un temps les terres de la haute Guajira pour tenter d'y convertir les derniers idolâtres, avait pris l'habitude de s'arrêter et de bavarder avec elle dans ce village brûlé par le sel de la mer des Antilles, où sa mère avait tenté de l'enterrer vivante. « Salutations de ta cousine », me disait-elle toujours. Ma sœur Margot qui, les premières années, lui rendit également visite, me raconta que les deux femmes avaient acheté une maison aux murs d'adobes avec un très grand patio ouvert à tous les vents, et dont l'unique problème surgissait les nuits de marées hautes car les cabinets débordaient et les poissons sautaient au petit jour dans les chambres à coucher ! Tous ceux qui virent alors Angela Vicario penchée sur son métier à broder s'accordaient pour affirmer qu'elle était habile et attentive et que son travail lui avait apporté l'oubli.

Longtemps après, à une époque incertaine où j'essayais d'y voir un peu clair en moi en vendant des encyclopédies et des livres de médecine d'un village à l'autre de la Guajira, le hasard me conduisit dans ce mouroir d'Indiens. A la fenêtre d'une maison située devant la mer, une femme aux cheveux gris-jaune et aux binocles à monture de fer, vêtue d'une robe de demi-deuil, brodait à la machine à l'heure la plus torride, avec au-dessus d'elle un serin en cage qui ne cessait de chanter. En la voyant ainsi, dans le cadre idyllique de cette fenêtre, je ne voulus pas en croire mes yeux, refusant d'admettre que la vie pût finir par ressembler aussi fort à la mauvaise littérature. Et pourtant, c'était bien elle : Angela Vicario, vingt-trois ans après le drame.

Elle me traita comme d'habitude, en cousin éloigné, et répondit à mes questions avec un grand bon sens teinté d'humour. Elle se montra si mûre et si ingénieuse que j'eus du mal à croire qu'il s'agissait de la même personne. Je fus surtout surpris de constater comment elle avait finalement réussi à trouver un sens à sa vie. Au bout de quelques minutes elle me parut déjà moins vieille qu'à première vue, et même presque aussi jeune que dans mon souvenir ; elle n'avait plus rien de commun avec celle qu'on avait contrainte à se marier sans amour à vingt ans. Sa mère, du fond de son âge avancé, me reçut comme un fantôme difficile. Elle refusa de parler du passé ; j'ai dû me contenter pour cette chronique de quelques phrases isolées de ses conversations avec ma mère et de quelques autres, peu nombreuses, arrachées à mes souvenirs. Elle avait fait l'impossible pour transformer Angela en morte vivante, mais sa fille avait ruiné ses desseins en refusant tout mystère à son malheur. Mieux, elle le racontait à qui voulait l'entendre, en omettant toutefois deux ou trois détails qui ne furent jamais éclaircis : quand et comment avait eu lieu le préjudice, et qui en était l'auteur véritable, car en fait nul n'avait cru réellement à la culpabilité de Santiago Nasar? Ils appartenaient à deux mondes différents. Personne ne les avait vus ensemble, et moins encore en tête à tête. Santiago Nasar était trop fier pour prêter attention à elle. « Ta conne de cousine », me disait-il quand il devait la nommer. Et puis, selon notre expression d'alors, c'était un épervier du jupon. Il se promenait seul, comme son père, prêt à croquer la première fille égarée dont le corsage s'épanouissait dans ces collines, mais on ne lui connut jamais, dans le village même, d'autres fréquentations que celle qu'il maintenait officiellement avec Flora Miguel; sans oublier, bien entendu, cette liaison tempétueuse avec Maria-Alexandrina Cervantes, qui lui avait fait perdre la raison quatorze mois durant. La version la plus courante, peut-être parce qu'elle était la plus perverse, prétendait qu'Angela Vicario protégeait un homme qu'elle aimait et qu'elle avait choisi le nom de Santiago Nasar en pensant que ses frères n'oseraient pas s'en prendre à lui. Personnellement, j'essayai de lui arracher cette vérité au cours de la deuxième visite que je lui rendis, après avoir soigneusement préparé mes arguments, mais c'est à peine si elle leva les yeux de sur sa broderie pour les réfuter.

— Cousin, ne cherche pas midi à quatorze heures. C'était bien lui.

Tout le reste elle le raconta sans réticences, et même le désastre de sa nuit de noces. Elle me confia que ses amies lui avaient appris à enivrer son mari au lit au point de lui enlever toute idée claire, à redoubler hypocritement sa pudeur naturelle afin qu'il éteigne la lumière, à se faire une injection du tonnerre de dieu avec de l'eau d'alun pour simuler la virginité et à tacher son drap au mercurochrome dans le but de l'exposer le lendemain dans sa cour de nouvelle mariée. Ses conseilleuses avaient oublié seulement deux choses : l'exceptionnelle résistance de Bayardo San Roman aux effets de la bouteille et la réelle honnêteté qu'Angela Vicario cachait sous l'abêtissement imposé par sa mère. « Je ne fis rien de ce qu'elles m'avaient conseillé, m'expliqua-t-elle, car plus j'y pensais et plus je me rendais compte que tout cela était une pure saloperie qu'on ne pouvait infliger à personne, et moins encore au malheureux homme qui avait eu la malchance de m'épouser. » Si bien qu'elle se laissa déshabiller sans manières dans la chambre illuminée, libérée dès cet instant de toutes les peurs qu'on lui avait enseignées et qui avaient empoisonné son existence. « Ce fut très facile, me dit-elle. Car j'étais décidée à mourir. »

En vérité, elle parlait de son infortune sans aucune retenue pour mieux dissimuler l'autre infortune, véritable celle-ci, qui lui ravageait les entrailles. Nul n'aurait pu deviner avant qu'elle se décide à s'en ouvrir à moi que Bayardo San Roman était installé à jamais dans son cœur depuis le moment où il l'avait reconduite chez les siens. Ce fut comme une révélation. « Brusquement, lorsque maman se mit à me frapper, je me souvins de lui », me dit-elle. Les coups lui faisaient moins mal car elle savait qu'elle souffrait pour lui. Elle continua de penser à Bayardo, un peu surprise de son comportement, alors qu'elle sanglotait effondrée sur le canapé de la salle à manger. « Je ne pleurais pas à cause des coups ni de ce qui s'était passé, me dit-elle. Je pleurais sur lui. » Elle pensa encore à lui tandis que sa mère lui couvrait le visage de compresses d'arnica, et davantage quand elle entendit les cris dans la rue et les cloches qui sonnaient comme pour un incendie, au moment où Pura Vicario entra lui dire qu'elle pouvait dormir puisque le pire était passé.

Elle pensait depuis longtemps à Bayardo San Roman sans se faire d'illusions lorsqu'un jour elle dut accompagner sa mère à l'hôpital de Riohacha, pour un examen de la vue. Elles entrèrent, en repartant, à l'*Hôtel du Port*, dont elles connaissaient le propriétaire, et Pura Vicario demanda un verre d'eau au comptoir. Elle était en train de le boire, en tournant le dos à sa fille, quand celle-ci vit sa propre pensée réfléchie par les glaces qui couraient le long des murs de la salle. Angela Vicario fit volte-face, le souffle coupé ; elle le vit passer près d'elle, sans la voir, et le vit sortir de l'hôtel. Puis elle regarda à nouveau sa mère, le cœur en miettes. Pura Vicario, qui avait fini de boire, essuya ses lèvres d'un revers de manche et lui sourit derrière ses lunettes neuves. Dans ce sourire, pour la première fois depuis sa naissance, Angela Vicario la surprit telle qu'elle était : une pauvre femme vouée au culte de ses défauts. « Merde », se dit-elle. Elle était si bouleversée qu'elle fit le voyage de retour en chantant tout haut et se jeta sur son lit pour y pleurer durant trois jours.

Elle ressuscita. « Je devins folle de lui, me dit-elle. Folle à lier. » Il lui suffisait de fermer les yeux pour que surgît son image, elle l'entendait respirer avec la mer, le brasier de son corps dans les draps, à minuit, la réveillait. La semaine s'étant écoulée sans lui apporter une minute de répit, elle lui écrivit une première lettre. Ce fut un billet des plus banals, dans lequel elle lui racontait qu'elle l'avait vu sortir de l'hôtel et qu'elle aurait aimé qu'il la vît aussi. Elle attendit en vain une réponse. Au bout de deux mois, lassée d'attendre, elle lui envoya une deuxième lettre tournée dans le style contourné de la précédente et dont l'unique objet paraissait être de lui reprocher son manque de politesse. Six mois plus tard, elle lui avait écrit six lettres auxquelles il ne répondit pas ; pourtant, elle se résigna en constatant qu'il les recevait.

Maîtresse pour la première fois de son destin, Angela Vicario découvrit que la haine et l'amour sont deux passions réciproques. Plus elle lui écrivait et plus elle avivait les braises de sa fièvre, mais plus elle échauffait aussi l'heureuse rancœur que sa mère lui inspirait. « Je la voyais et j'en avais le ventre retourné, me dit-elle. Et pourtant je ne pouvais la voir sans penser à lui. » Sa vie d'épouse répudiée gardait la simplicité de l'époque où elle était célibataire : elle brodait à la machine avec ses amies, comme elle fabriquait autrefois des tulipes de chiffon et des oiseaux de papier, mais quand sa mère allait se coucher elle restait, elle, dans sa chambre, à écrire des lettres sans avenir jusqu'au petit jour. Elle se sentit lucide, volontaire, libre de choisir, et redevint vierge pour lui seul, ne reconnaissant d'autre autorité que la sienne ni d'autre servitude que celle de son obsession.

Elle lui écrivit une lettre par semaine durant la moitié de sa vie. « Parfois je ne trouvais rien à lui dire, me confia-t-elle, en pouffant de rire. Mais il me suffisait de savoir qu'il les recevait. » A une correspondance conventionnelle succédèrent des billets de maîtresse clandestine, des plis parfumés de fiancée fugace, des papiers d'affaires, des documents d'amour et, finalement, ce furent les lettres pitoyables d'une épouse abandonnée qui s'inventait des maladies cruelles pour l'obliger à revenir. Une nuit de bonne humeur, elle renversa l'encrier sur la lettre qu'elle venait d'achever et au lieu de la déchirer elle ajouta un post-scriptum : « Et voici mes larmes, comme preuve d'amour. » Parfois, lasse de pleurer, elle se moquait de sa folie. On remplaça à six reprises la dame de la poste et six fois la complicité fut renouvelée. La seule idée qui ne lui vint jamais à l'esprit fut de renoncer. Pourtant, il paraissait insensible à son délire : elle avait l'impression d'écrire à un fantôme.

Un petit matin où les vents soufflaient, alors que dix ans environ avaient passé, la certitude qu'il était là, nu, dans son lit, la réveilla. Elle lui écrivit une lettre fiévreuse de vingt pages dans lesquelles elle lui déballait sans pudeur les vérités amères qui croupissaient dans son cœur depuis la nuit funeste. Elle lui parla des stigmates éternels qu'il avait laissés sur son corps, du sel de sa langue, du feu de sa bite d'Africain. Elle confia la lettre à l'employée des postes qui, le vendredi après-midi, venait broder avec elle pour emporter ensuite les messages, et resta persuadée que cet épanchement serait le dernier de son agonie. Mais elle n'obtint pas de réponse. Elle ne fut plus, dès lors, consciente de ce qu'elle écrivait, ne sachant plus très bien à qui elle écrivait, mais continuant d'écrire sans répit durant dix-sept années.

Un midi du mois d'août, alors qu'elle brodait avec ses amies, elle sentit une présence s'approcher de sa porte. Il ne lui fut pas nécessaire de lever les yeux pour savoir qui arrivait. « Il avait grossi et il commençait à perdre ses cheveux, et puis il lui fallait des lunettes pour voir de près, me dit-elle. Mais c'était lui, nom de nom, c'était lui ! » Elle s'affola : il devait la voir aussi vieillie qu'elle le voyait lui, mais il ne devait pas avoir dans le cœur cette réserve d'amour qu'elle avait, elle, pour le supporter. La sueur trempait sa chemise, comme la première fois, le jour de la kermesse, et il portait la même ceinture et les mêmes sacoches de cuir aux garnitures d'argent et aux coutures décousues. Bayardo San Roman fit un pas en avant, sans se soucier des autres brodeuses éberluées, puis il jeta ses sacoches sur la machine à coudre.

— Bon, dit-il. Me voici.

Il tenait à la main une valise pleine de linge et dans l'autre une valise identique renfermant les quelque deux mille lettres qu'elle lui avait écrites. Elles étaient classées selon leur date de réception, en liasses ficelées avec des rubans de couleur. Et aucune n'était ouverte.

Durant des années, nous fûmes incapables de parler d'autre chose. Notre comportement quotidien, jusqu'alors dominé par la routine la plus linéaire, s'était mis à tourner brusquement autour d'une même angoisse collective. Les coqs de l'aube nous surprenaient en train d'essayer de reconstituer la chaîne des nombreux hasards qui avaient rendu l'absurde possible ; et il était évident que nous n'agissions pas par simple désir de percer le mystère, mais parce que personne parmi nous ne pouvait continuer à vivre sans savoir exactement la place et la mission que la fatalité lui avait assignées.

Beaucoup restèrent dans l'ignorance. Cristo Bedoya, qui devait acquérir une grande renommée de chirurgien, ne put jamais s'expliquer pourquoi il avait cédé à l'impulsion de passer chez ses grands-parents les deux heures qui le séparaient de l'arrivée de l'évêque au lieu d'aller se reposer chez ses parents, lesquels l'attendirent jusqu'au lever du jour pour l'alerter. Mais la plupart de ceux qui auraient pu faire quelque chose pour empêcher le crime et qui se dérobèrent se consolèrent en invoquant le préjugé selon lequel les affaires d'honneur sont des cases hermétiques auxquelles ont seul accès les maîtres du drame. « L'honneur c'est l'amour », ai-je entendu dire à ma mère. Hortensia Baute, dont la seule participation fut d'avoir vu deux couteaux ensanglantés alors qu'ils ne l'étaient pas encore, se montra si affectée par l'hallucination qu'elle sombra dans une crise d'abstinence jusqu'au jour où, n'y tenant plus, elle se précipita toute nue dans les rues du village. Flora Miguel, la fiancée de Santiago Nasar, fila par dépit avec un lieutenant garde-frontière qui la prostitua parmi les saigneurs d'hévéas dans la province du Vichada. Aura Villeros, l'accoucheuse qui avait aidé trois générations à venir au monde, souffrit d'une contraction de la vessie en apprenant la nouvelle et eut jusqu'à sa mort besoin d'une sonde pour uriner. Don Rogelio de la Flor, le brave mari de Clotilde Armenta qui, à quatre-vingt-six ans, était un prodige de vitalité, se leva pour la dernière fois afin de regarder comment on éventrait Santiago Nasar contre la porte close de sa maison et ne survécut pas au choc. Cette porte, Placida Linero venait de la fermer, mais elle se blanchit à temps de son erreur : « Je l'avais fermée car Divina Flor m'avait juré qu'elle avait vu rentrer mon fils, me raconta-t-elle. Et c'était faux. » Par contre, elle ne se pardonna jamais d'avoir confondu l'augure somptueux des arbres avec celui, funeste, des oiseaux, et succomba à la pernicieuse habitude, chère aux gens de son temps, de mâcher des graines de cressonnette.

Douze jours après le crime, ce fut un village d'écorchés vifs que le juge découvrit. Dans le bureau sordide, aux planches mal équarries, du palais municipal, où il buvait des tasses de café arrosé de rhum afin de vaincre les mirages de la chaleur, il dut demander des soldats en renfort pour canaliser la cohue de ceux qui venaient déposer sans y être invités, impatients d'étaler leur rôle dans le drame. Il débarquait frais diplômé et portait encore le costume de drap noir de l'école de droit, la chevalière en or avec l'emblème de sa promotion, et affichait la suffisance et le lyrisme de l'heureux débutant. Mais son nom est resté inconnu. Tout ce que nous savons de son caractère nous est révélé par le dossier de l'instruction, que de nombreuses personnes m'aidèrent à retrouver vingt ans plus tard au palais de justice de Riohacha. Il n'existait pas l'ombre d'un classement dans les archives, et plus d'un siècle de dossiers s'entassait sur le sol de l'édifice colonial décrépit qui avait abrité durant deux jours le quartier général de Francis Drake. Le rez-de-chaussée était inondé à marée haute et les volumes aux dos cassés flottaient dans les bureaux déserts. Il m'arrivait souvent d'explorer, avec de l'eau jusqu'aux chevilles, ce marécage de causes perdues et le hasard seul me permit de sauver au bout de cinq ans de recherches quelque trois cent vingt-deux feuillets échappés d'un dossier qui avait dû en comporter plus de cinq cents.

Le nom du juge n'apparaissait sur aucun d'eux, mais il est évident que notre homme était dévoré par la fièvre de la littérature. Sans doute avait-il lu les classiques espagnols, et quelques auteurs latins, et il connaissait très bien Nietzsche, l'auteur à la mode chez les magistrats de son époque. Les notes marginales – et la couleur de l'encre n'était pas seule en cause – paraissaient écrites avec du sang. L'énigme que le sort lui avait réservée le laissait si perplexe qu'en bien des occasions il s'était abandonné à des distractions lyriques contraires à la rigueur de son métier. Surtout, il lui avait toujours semblé injuste que la vie ait pu recourir à tant de hasards interdits en littérature pour qu'une mort aussi annoncée ait pu se réaliser sans faux pas.

Pourtant, ce qui l'avait le plus inquiété au terme de son enquête quasi excessive fut de n'avoir pu découvrir un seul indice, fût-il le moins vraisemblable, prouvant que Santiago Nasar avait réellement été l'auteur de l'outrage. Les amies d'Angela Vicario, ses complices dans l'affaire, continuèrent de prétendre durant longtemps qu'elle leur avait confié son secret bien avant son mariage, mais sans révéler aucun nom. « Elle nous parla du miracle mais pas du saint », déclarèrent-elles à l'instruction. Angela Vicario, quant à elle, resta sur ses positions. Lorsque le juge lui demanda dans son style louvoyant si elle savait qui était le défunt Santiago Nasar, elle lui répondit, impassible :

— Celui qui l'a fait.

La phrase est consignée dans le rapport, mais elle ne précise ni le lieu ni la manière. Au cours du procès, qui ne dura que trois jours, l'avocat de la partie civile insista sur la faiblesse de l'accusation. La perplexité du juge d'instruction devant le manque de preuves contre Santiago Nasar était si grande que son beau travail semble par moments affaibli par la désillusion. Dans une note marginale du feuillet 416, il écrivit de sa propre main, à l'encre rouge, celle de l'apothicaire : *Donnez-moi un préjugé et j'ébranlerai le monde.* Sous cette paraphrase désenchantée, et d'un joli trait de plume également à l'encre de sang, il avait dessiné un cœur percé d'une flèche. Pour lui, comme pour les amis les plus proches de la victime, le comportement de Santiago Nasar pendant ses dernières heures était une preuve décisive de son innocence.

Le matin de sa mort, en effet, Santiago Nasar n'avait pas eu un instant d'incertitude, lui qui n'ignorait pas ce que pouvait coûter l'outrage qu'on lui imputait. Il connaissait son monde et le naturel chafouin de ces gens et il devait savoir que la rusticité des jumeaux n'admettrait pas la dérision. Bayardo San Roman ne se livrait guère mais Santiago Nasar ne pouvait pas ne pas pressentir que, sous ses grands airs d'homme du monde, il était, comme tout un chacun, prisonnier des préjugés de son milieu. Dans ces conditions, une insouciance délibérée eût correspondu à un suicide. Et puis, en découvrant au dernier moment que les frères Vicario l'attendaient pour le tuer, il n'avait pas été pris de panique, comme on l'a si souvent répété, mais avait plutôt fait preuve du désarroi de l'innocence.

Je crois quant à moi qu'il mourut sans comprendre sa mort. Après qu'il eut promis à ma sœur Margot de venir chez nous prendre le petit déjeuner, il partit bras dessus bras dessous avec Cristo Bedoya par le chemin du quai et leur décontraction suscita de faux espoirs. « Ils marchaient si allégrement, me dit Mémé Loaiza, que j'en remerciai le Bon Dieu en pensant que l'affaire était réglée. » Tout le monde, on s'en doute, n'aimait pas autant Santiago Nasar. Polo Carrillo, le patron de la centrale électrique, affirmait que sa sérénité n'était pas le fait de l'innocence mais du cynisme. « Il croyait que son fric le rendait intouchable », me dit-il. « Comme tous les Arabes ici », commenta sa femme, Fausta Lopez. Indalecio Pardo venait de passer par la boutique de Clotilde Armenta et les jumeaux lui avaient annoncé qu'aussitôt l'évêque parti ils allaient tuer Santiago Nasar. Fariboles de noctambules, avait-il conclu comme tant d'autres, mais Clotilde Armenta lui avait démontré que c'était vrai et lui avait demandé de rattraper Santiago Nasar pour le prévenir.

— Ne te fatigue pas, lui avait dit Pedro Vicario. C'est comme s'il était déjà mort.

Le défi était trop évident. Les jumeaux, connaissant les liens qui unissaient Indalecio Pardo et Santiago Nasar, avaient dû penser qu'il était la personne adéquate pour les empêcher de commettre leur crime, sans qu'ils perdent la face. Mais Indalecio Pardo avait vu Santiago Nasar au bras de Cristo Bedoya parmi les groupes qui abandonnaient le port et il n'avait pas osé l'avertir. « J'ai perdu les pédales », me dit-il. Il les avait salués amicalement d'une tape sur l'épaule et laissés repartir. Ils s'en étaient à peine aperçus tant ils étaient plongés dans le calcul des dépenses de la noce.

Les gens s'égaillaient vers la place dans la même direction qu'eux. C'était une foule compacte, mais Escolastica Cisneros avait cru observer que les deux amis marchaient au milieu de celle-ci sans difficulté, dans un cercle vide, car tous savaient que Santiago Nasar allait mourir et personne n'osait le toucher. Cristo Bedoya se souvenait lui aussi de l'attitude bizarre de ceux qui les entouraient. « Ils nous regardaient comme si nous avions eu des têtes de gugusses », me dit-il. Mieux : Sarah Noriega avait ouvert son commerce de chaussures au moment où ils passaient et elle s'était effrayée de la pâleur de Santiago Nasar. Il l'avait rassurée, sans s'arrêter :

— Vous savez, ma petite Sarah, avec cette gueule de bois !

Céleste Dangond, assis en pyjama à la porte de sa maison, brocardait ceux qui s'étaient habillés pour accueillir l'évêque. Il invita Santiago Nasar à boire un café. « Histoire de gagner du temps pendant qu'il réfléchissait », me dit-il. Mais Santiago lui avait répondu qu'il filait se changer pour déjeuner avec ma sœur. « J'ai laissé courir, m'expliqua Céleste Dangond. Car l'idée venait de me traverser qu'on ne pouvait pas tuer un homme aussi sûr de ce qu'il allait faire. » Yamil Shaïum fut le seul à ne pas hésiter. Dès qu'il apprit la rumeur, il sortit sur le seuil de son déballage de tissus et attendit Santiago Nasar pour l'avertir. Yamil Shaïum était un des derniers Arabes arrivés avec Ibrahim Nasar, il avait été son partenaire aux cartes jusqu'à sa mort et demeurait le conseiller héréditaire de la famille. Personne n'avait plus d'autorité pour parler à Santiago Nasar. Pourtant, craignant de lui causer une frayeur inutile si le bruit était sans fondement, il préféra consulter d'abord Cristo Bedoya, peut-être mieux informé. Il le héla au passage. Arrivé au coin de la place, Cristo Bedoya tapota fraternellement le dos de Santiago Nasar :

— A samedi, lui dit-il.

Et il se dirigea vers la boutique du marchand de tissus.

Santiago Nasar ne lui répondit pas mais s'adressa en arabe à Yamil Shaïum, lequel lui répliqua dans la même langue, en se tordant de rire. « Un calembour qui nous mettait toujours en joie », me dit Yamil Shaïum. Sans s'arrêter, Santiago Nasar leur adressa un signe d'adieu avec la main et tourna au coin de la place. Ils ne devaient plus le revoir.

Cristo Bedoya avait à peine entendu le renseignement fourni par Yamil Shaïum qu'il quittait en courant la boutique pour rejoindre Santiago Nasar. Il l'avait vu disparaître au coin, mais ne réussit pas à le découvrir parmi les groupes qui commençaient à se disperser sur la place. Les quelques personnes qu'il interrogea répondirent de la même façon :

— On vient de le voir avec toi.

Il lui parut impossible que Santiago Nasar eût regagné son domicile en si peu de temps ; de toute façon, il entra le chercher car la barre n'était pas mise et la porte principale était entrouverte. Sans voir le papier gisant sur le sol, il traversa le salon dans la pénombre en essayant de ne pas faire de bruit – c'était une heure encore trop matinale pour des visites – mais les chiens s'agitèrent au fond de la maison et sortirent à sa rencontre. Il les calma avec ses clefs, comme le lui avait appris le maître des lieux, mais ils le harcelèrent jusqu'à la cuisine. Dans le vestibule il croisa Divina Flor qui portait un seau plein d'eau et une serpillière pour briquer le plancher du salon. Elle lui assura que Santiago Nasar n'était pas rentré. Victoria Guzman venait de mettre les lapins à cuire sur le feu quand il se présenta dans la cuisine. Elle comprit sur-le-champ. « Le cœur lui sortait de la bouche », me dit-elle. Cristo Bedoya lui demanda si Santiago Nasar était à la maison et elle lui répondit avec une fausse candeur qu'il n'était pas encore rentré dormir.

— C'est sérieux, avait dit Cristo Bedoya. Ils le cherchent pour le tuer.

Victoria Guzman avait oublié sa candeur.

— Ces pauvres garçons ne tuent jamais personne.

— Ils boivent depuis samedi, avait dit Cristo Bedoya.

— Raison de plus, avait-elle répliqué. Un ivrogne ne bouffe pas sa crotte.

Cristo Bedoya revint au salon ; Divina Flor venait d'ouvrir les fenêtres. « Pour sûr qu'il ne pleuvait pas, me dit-il. Il était à peine sept heures et un soleil doré entrait déjà par les fenêtres. » Il redemanda à Divina Flor si elle était bien certaine que Santiago Nasar n'était pas entré par la porte du salon. Elle se montra moins assurée que la première fois. Il s'inquiéta de Placida Linero et s'entendit répondre qu'on lui avait posé son café sur la table de nuit, mais sans la réveiller. C'était une habitude : à sept heures elle ouvrirait les yeux, prendrait son café et descendrait donner des ordres pour le déjeuner. Cristo Bedoya regarda sa montre : il était six heures cinquante-six. Il monta alors au second pour se persuader que Santiago Nasar n'était pas rentré.

La porte de la chambre était fermée de l'intérieur car Santiago Nasar était sorti en passant par la chambre de sa mère. Non seulement Cristo Bedoya connaissait cette maison aussi bien que la sienne, mais la confiance qu'on lui accordait était telle qu'il poussa la porte de Placida Linero pour gagner de là la chambre voisine. Un faisceau de soleil poussiéreux entrait par la lucarne et la jolie femme, endormie sur le côté dans son hamac, la joue reposant sur une blanche main de fiancée, paraissait irréelle. « C'était comme une apparition », me dit Cristo Bedoya. Il la contempla un instant, fasciné par sa beauté, puis traversa la chambre en silence, passa sans s'arrêter devant la salle de bains et entra dans la chambre de Santiago Nasar. Le lit n'était pas défait et, sur le fauteuil, se trouvait, repassée avec soin, la tenue de cheval et au-dessus de la tenue de cheval se trouvait le sombrero, et sur le sol se trouvaient les bottes à côté des éperons. Sur la table de nuit, la montre de Santiago Nasar indiquait six heures cinquante-huit. « Brusquement, j'ai pensé qu'il était ressorti armé », me dit Cristo Bedoya. Mais il avait trouvé le revolver dans le tiroir de la table de nuit. « Je n'avais jamais manié aucune arme, me dit-il. Mais je décidai de prendre le revolver pour le remettre à Santiago Nasar. » Il l'avait glissé sous sa ceinture, à l'intérieur de sa chemise, et c'est seulement après le crime qu'il s'était rendu compte qu'il n'était pas chargé. Placida Linero apparut avec sa tasse de café à la main au moment où il refermait le tiroir.

— Dieu du ciel ! s'écria-t-elle. Tu m'as fait peur !

Cristo Bedoya eut peur lui aussi. Il la vit en pleine lumière, ébouriffée dans une robe de chambre brodée d'alouettes dorées, et l'enchantement s'évanouit. Il expliqua un peu confus qu'il cherchait Santiago Nasar.

— Il est allé accueillir l'évêque, dit Placida Linero.

— L'évêque ne s'est pas arrêté.

— Je m'en doutais. C'est un fils de gourgandine.

Elle s'interrompit en découvrant soudain que Cristo Bedoya ne savait pas trop où mettre son corps. « J'espère que le Bon Dieu m'aura pardonné, me dit Placida Linero, mais il était si troublé que j'ai cru qu'il venait nous voler. » Elle lui demanda ce qu'il avait. Cristo Bedoya comprit l'allure suspecte de sa situation, mais n'eut pas le courage de lui révéler la vérité.

— Je n'ai pas fermé l'œil de la nuit, lui dit-il.

Et il sortit sans autre explication. « De toute façon, me dit-il, elle s'imaginait toujours qu'on la volait. » Sur la place, il avait croisé le père Amador qui regagnait l'église avec les ornements de la messe escamotée, mais qu'aurait-il pu faire pour Santiago Nasar à part sauver son âme ? Il se dirigeait à nouveau vers le port quand il entendit qu'on l'appelait de la boutique de Clotilde Armenta. Pedro Vicario se tenait sur le seuil, pâle et hirsute, la chemise ouverte et les manches retroussées jusqu'aux coudes ; il brandissait le couteau grossier qu'il avait lui-même fabriqué avec la lame d'une scie à chantourner. Il y avait trop d'insolence dans son attitude pour qu'elle fût fortuite ; ce ne fut d'ailleurs pas la seule provocation durant les dernières minutes, il y en eut d'autres plus visibles encore, destinées à déclencher l'intervention qui empêcherait le geste fatal.

— Cristobal, hurla-t-il. Va dire à Santiago Nasar que nous l'attendons ici pour le tuer.

Cristo Bedoya lui aurait fait l'amitié de le mettre hors d'état de nuire. « Si j'avais su me servir d'un revolver, Santiago Nasar serait encore de ce monde », me dit-il. Mais la seule idée de tirer l'avait impressionné, après tout ce que Santiago Nasar lui avait affirmé au sujet de la puissance dévastatrice d'une balle blindée.

— Je te préviens qu'il est armé et que son Magnum pourrait traverser un moteur d'auto.

Pedro Vicario savait que ce n'était pas vrai. « Il fallait qu'il soit en tenue de cheval pour porter une arme », me dit-il. De toute façon, ce jour-là, quand il avait pris la décision de laver l'honneur de sa sœur, il avait prévu l'éventualité.

— Les morts ne tirent pas ! avait-il crié.

Pablo Vicario était apparu alors sur le pas de la porte. Il était aussi pâle que son frère ; il n'avait pas quitté son veston de cérémonie et tenait son couteau enveloppé dans un journal. « Sans ces détails, me dit Cristo Bedoya, j'aurais été incapable de le distinguer de son jumeau. » Clotilde Armenta surgit derrière Pablo Vicario et cria à Cristo Bedoya de se hâter car dans ce village de pédés seul un homme comme lui pouvait empêcher la tragédie.

La suite des événements, à partir de cet instant, est connue de tous. Les gens qui rentraient du port, alertés par les cris, se mirent à investir la place pour assister au crime. Cristo Bedoya demanda à plusieurs personnes de sa connaissance où était Santiago Nasar, mais aucune ne l'avait aperçu. Sur le seuil du Cercle, il avait rencontré le colonel Aponte et lui avait raconté ce qui venait d'arriver devant la boutique de Clotilde Armenta.

— Impossible ! dit le colonel. Je les ai envoyés au dodo.

— Mais je viens de les voir avec un couteau à égorger les cochons, dit Cristo Bedoya.

— Impossible ! Je leur ai confisqué leurs couteaux avant de les envoyer au dodo. Vous les avez sûrement vus avant.

— Je les ai vus il y a deux minutes et chacun avait un couteau à égorger les cochons, insista Cristo Bedoya.

— Bordel de Dieu ! dit le maire. Alors, c'est qu'ils s'en sont procuré d'autres !

Il promit de s'occuper de l'affaire sur-le-champ, mais entra au Cercle y confirmer une rencontre aux dominos pour le soir même, et quand il ressortit le crime était consommé. Cristo Bedoya commit alors son unique mais fatale erreur : il pensa que Santiago Nasar avait décidé inopinément de prendre le petit déjeuner avec ma sœur avant d'aller se changer, et il s'en vint chez nous le chercher. Au bord du fleuve, il pressa le pas, demandant à tous ceux qu'il rencontrait s'ils avaient aperçu Santiago Nasar ;

personne ne put le renseigner. Il ne s'affola pas car ce n'était pas le seul chemin qui conduisait à notre maison. Prospera Arango, la fille des Andes, l'avait supplié de faire quelque chose pour son père qui agonisait sur son perron, insensible à la bénédiction expéditive de l'évêque. « Je l'avais vu en passant, me dit ma sœur Margot. Il avait déjà la tête d'un cadavre. » Cristo Bedoya tarda quatre minutes à établir son diagnostic, promettant de revenir plus tard pour les soins d'urgence, mais il perdit encore trois minutes à aider Prospera Arango à transporter le malade jusqu'à sa chambre. Quand il ressortit, il entendit des cris lointains et crut qu'on tirait des pétards du côté de la place. Il essaya de courir mais le revolver, mal ajusté à sa ceinture, l'en empêcha. En tournant au dernier coin de rue, il reconnut ma mère, qui marchait devant lui et traînait presque son plus jeune fils.

— Luisa Santiaga, lui cria-t-il. Où est votre filleul ?

Ma mère se retourna à peine, le visage ruisselant de larmes :

— Aïe, mon petit, lui répondit-elle. On dit qu'ils l'ont tué !

C'était vrai. Tandis que Cristo Bedoya le cherchait, Santiago Nasar était entré chez Flora Miguel, sa fiancée, près du carrefour où il l'avait vu pour la dernière fois. « L'idée ne me vint pas qu'il pouvait s'y trouver, me dit-il, car ces gens-là ne se levaient jamais avant midi. » Le bruit courait partout que toute la famille dormait jusqu'à midi sur l'ordre de Nahir Miguel, le docte chef de la communauté. « Voilà pourquoi Flora Miguel, qui n'était plus de la première jeunesse, restait fraîche comme une rose », affirme Mercédès. En réalité, bien que la maison n'ouvrît sa porte que fort tard, comme tant d'autres, les Miguel étaient des travailleurs, des matinaux. Les parents de Santiago Nasar et de Flora Miguel s'étaient accordés pour les marier. Santiago Nasar avait accepté l'engagement pendant son adolescence, et il était décidé à tenir parole, peut-être parce qu'il avait du mariage la même conception utilitaire que son père. Flora Miguel, de son côté, jouissait sans doute d'une certaine réputation florale mais manquait de charme et de jugeote ; elle avait servi de témoin aux épousailles de toute sa génération et la promesse négociée fut pour elle une solution providentielle. Ils vécurent des fiançailles faciles, sans visites protocolaires ni inquiétudes sentimentales. Le mariage, plusieurs fois différé, était définitivement fixé pour le prochain Noël.

Flora Miguel s'était réveillée ce lundi-là avec les premiers appels du bateau de l'évêque et avait appris peu après que les jumeaux Vicario attendaient Santiago Nasar pour le tuer. Ma sœur la nonne, la seule qui eut l'occasion de lui parler une fois le malheur accompli, lui entendit avouer qu'elle ne savait même plus qui le lui avait annoncé. « Je sais seulement qu'à six heures du matin tout le monde était au courant », lui dit-elle. Il lui avait paru inconcevable qu'on pût tuer

Santiago Nasar ; en revanche, l'idée lui était venue qu'on allait le contraindre à épouser Angela Vicario pour sauver son honneur. Elle avait senti l'humiliation éclater en elle. Tandis que la moitié du village attendait l'évêque, elle était restée dans sa chambre à pleurer de rage et à classer dans leur coffret les lettres que Santiago Nasar lui avait adressées depuis l'époque du collège.

Chaque fois qu'il passait devant la maison de Flora Miguel, même en l'absence de ses habitants, Santiago Nasar grattait avec ses clefs le treillis métallique des fenêtres. Ce lundi donc, elle l'attendit avec son coffret plein de lettres serré contre son sein. Santiago Nasar ne pouvait pas l'apercevoir de la rue ; elle, par contre, le vit s'approcher à travers les mailles du treillis bien avant que ses clefs les effleurent.

— Entre ! lui dit-elle.

Jamais personne, fût-ce un médecin, n'était entré dans cette maison à six heures quarante-cinq du matin. Santiago Nasar venait de laisser Cristo Bedoya dans la boutique de Yamil Shaïum et il y avait tant de gens à le guetter sur la place qu'on ne peut croire qu'aucun regard n'ait surpris sa visite. Le juge d'instruction chercha en vain, et avec la même obstination que moi, un témoin de la scène. En marge du folio 382 de l'instruction, il écrivit cette autre pensée à l'encre rouge : *La fatalité nous rend invisibles.* En fait, Santiago Nasar était entré par la grande porte, sous les yeux de tous, et sans rien faire pour ne pas être vu. Flora Miguel le reçut au salon, verte de colère, vêtue d'une de ces tristes robes à jabot qu'elle portait toujours dans les grandes occasions ; elle lui déposa le coffret entre les mains.

— Reprends tout ça, lui dit-elle. Et Dieu fasse qu'ils te tuent !

Santiago Nasar en fut si déconcerté que le coffret lui tomba des mains et que ses lettres sans amour s'égaillèrent sur le plancher. Il essaya de rejoindre Flora Miguel dans sa chambre mais elle claqua sa porte et se barricada. Il frappa à plusieurs reprises et l'appela d'une voix trop pressante à pareille heure, qui fit accourir, alarmée, la famille au complet. Descendants directs ou membres par alliance, petits ou grands, ils étaient plus de quatorze. Le dernier à paraître fut Nahir Miguel, le père, avec sa barbe rouge et sa djellaba de bédouin apportée du pays natal et qu'il portait toujours à la maison. Je l'ai vu très souvent ; c'était un homme immense et solennel, qui m'impressionnait surtout par l'éclat de son autorité.

— Flora ! appela-t-il dans sa langue. Ouvre !

Il entra dans la chambre de sa fille et la famille resta à regarder, ébahie, Santiago Nasar. Celui-ci, agenouillé sur le plancher du salon, ramassait les lettres et les replaçait dans le coffret. « On aurait dit une pénitence », m'ont-ils confié. Au bout de quelques minutes Nahir Miguel ressortit, fit un signe de la main et la famille entière disparut.

Il continua de parler en arabe à Santiago Nasar. « J'ai compris dès le premier moment que ce que je lui disais lui échappait », m'expliqua-t-il plus tard. C'est pourquoi il lui demanda clairement s'il savait que les frères Vicario le cherchaient pour le tuer. « Il devint si pâle et si décontenancé qu'on ne pouvait vraiment pas croire qu'il jouait la comédie. » Une attitude qui, pour Nahir Miguel, révélait moins la peur que le trouble intérieur.

— Tu dois savoir s'ils ont ou non raison, ajouta-t-il. Mais, de toute manière, il ne te reste plus que deux solutions : te cacher ici, puisque tu es chez toi, ou sortir avec mon fusil.

— Je n'y comprends que dalle, dit Santiago Nasar.

Ce fut la seule chose qu'il réussit à dire, et il le fit en espagnol. « Il avait l'air d'un oisillon trempé », m'a affirmé Nahir Miguel, qui avait dû lui retirer le coffret des mains car il ne savait pas où le poser pour ouvrir la porte.

— Ils seront deux contre un, lui annonça-t-il.

Santiago Nasar s'en alla. Les gens avaient envahi la place, comme les jours de défilé. Tout le monde le vit sortir et tout le monde comprit qu'il savait maintenant qu'on allait le tuer, mais il était si effrayé qu'il ne trouvait plus le chemin de sa maison. On dit que quelqu'un lui hurla d'un balcon : « Pas par là, l'Arabe, par le vieux port. » Santiago Nasar chercha la voix. Yamil Shaïum lui cria de se réfugier dans sa boutique et rentra chercher son fusil de chasse, mais il ne réussit pas à se souvenir de l'endroit où il avait caché ses cartouches. De partout, on commença à le héler, et Santiago Nasar tourna plusieurs fois la tête à droite, à gauche, ébloui par tant d'appels simultanés. Il était évident qu'il se dirigeait vers la petite porte du fond de sa maison quand, brusquement, il dut se rendre compte que la grande porte était ouverte.

— Le voilà ! dit Pedro Vicario.

Les deux frères l'avaient vu en même temps. Pablo Vicario ôta sa veste, la posa sur le tabouret et sortit du journal le couteau en forme de cimeterre. Avant de quitter la boutique, sans se concerter, ils se signèrent tous deux. C'est alors que Clotilde Armenta avait agrippé Pedro Vicario par sa chemise et crié à Santiago Nasar de courir car on allait le tuer. Son cri fut si pressant qu'il étouffa tous ceux des autres. « D'abord, il a eu peur, me dit Clotilde Armenta. Car il ne savait pas qui criait, ni d'où cela venait. » Mais quand il la vit, elle, il vit aussi Pedro Vicario, qui la jetait à terre d'une poussée, et rejoignait son frère. Moins de cinquante mètres séparaient Santiago Nasar de son domicile, et il se mit à courir vers la grande porte.

Cinq minutes plus tôt, dans la cuisine, Victoria Guzman avait raconté à Placida Linero ce que tout le monde savait déjà. Placida Linero, en femme aux nerfs solides, ne laissa paraître aucun signe d'émotion. Elle demanda à Victoria Guzman si elle en avait averti son fils, et celle-ci lui mentit volontairement en lui répondant qu'elle ne savait rien encore quand il était descendu boire son café. Dans le salon, Divina Flor, qui continuait de fourbir le plancher, eut la vision soudaine de Santiago Nasar entrant par la grande porte et grimpant l'escalier en spirale de bateau qui montait aux chambres. « Une vision très nette, me déclara Divina Flor. Il était vêtu de son costume blanc et tenait à la main quelque chose que je n'ai pas très bien distingué mais qui ressemblait à un bouquet de roses. » Si bien que, lorsque Placida Linero lui avait demandé où il était, Divina Flor l'avait rassurée.

— Il vient de monter dans sa chambre.

Placida Linero aperçut alors le papier sur le sol, mais ne pensa pas à le ramasser et ne prit connaissance de son contenu que plus tard, quand quelqu'un le lui montra dans la confusion de la tragédie. Par l'entrebâillement de la porte, elle vit les frères Vicario qui traversaient la place en courant vers la maison et en brandissant leurs couteaux. De l'endroit où elle se trouvait elle les discernait nettement mais ne pouvait apercevoir son fils qui, de l'autre coin de la place, courait vers la porte. « J'ai pensé qu'ils voulaient entrer pour le tuer dans la maison », me dit-elle. Elle se précipita alors jusqu'à la porte et la claqua d'un coup. Elle en passait la barre quand elle entendit les cris de Santiago Nasar, et les coups de poing épouvantés contre le vantail ; mais elle crut qu'il était là-haut, dans sa chambre, en train d'insulter les Vicario de son balcon, et elle monta à sa rescousse.

Il manquait à peine quelques secondes à Santiago Nasar pour entrer chez lui lorsque la porte se referma. Il réussit à frapper plusieurs fois avec les poings et aussitôt fit volte-face pour affronter ses ennemis à mains nues. « J'ai frémi quand je l'ai vu de face, me dit Pablo Vicario, car il me paraissait deux fois plus grand qu'il ne l'était en réalité. » Santiago Nasar leva la main pour parer le premier coup de Pedro Vicario, qui l'attaquait du côté droit.

— Fils de putain ! cria-t-il.

Le couteau lui traversa la paume droite, puis s'enfonça jusqu'au manche entre les côtes. Tous entendirent son cri de douleur.

— Aïe, maman !

Pedro Vicario retira le couteau, de sa poigne farouche de tueur de cochons, et lui assena un second coup presque au même endroit. « Chose surprenante, le couteau ressortait propre, déclara Pedro Vicario au juge d'instruction. Je l'ai frappé au moins trois fois et il n'y avait pas une goutte de sang. » Après le troisième coup, Santiago Nasar se tordit, les bras croisés sur le ventre, gémit comme un veau et tenta de leur tourner le dos. Pablo Vicario, qui se trouvait à sa gauche, lui expédia alors le seul coup de couteau qu'il devait recevoir par-derrière ; un jet de sang jaillit qui trempa la chemise. « Il avait son odeur », me dit-il. Trois fois blessé à mort, Santiago Nasar leur fit de nouveau face, le dos appuyé contre la porte maternelle, sans leur opposer la moindre résistance, comme s'il voulait les aider à l'achever. « Il n'a plus crié, déclara Pedro Vicario au juge d'instruction. Au contraire, j'avais l'impression qu'il était en train de rire. » Alors, tous deux continuèrent de le poignarder contre la porte, facilement, en alternant les coups, avec la sensation de flotter sur ce méandre éblouissant qu'ils découvrirent de l'autre côté de la peur. Ils n'entendirent pas les clameurs que poussa le village entier, épouvanté par son crime. « Je me sentais comme sur un cheval au galop », déclara Pablo Vicario. L'épuisement fit revenir soudain les jumeaux à la réalité, mais il leur sembla que Santiago Nasar ne s'écroulerait jamais. « Merde, cousin, me dit Pablo Vicario, tu n'imagines pas ce que c'est difficile de tuer un homme ! » Avec l'espoir d'en finir vraiment, Pedro Vicario chercha le cœur de sa victime, mais il le chercha presque à l'aisselle, là où il se trouve chez les cochons. En réalité, si Santiago Nasar ne tombait pas c'était que leurs couteaux le retenaient contre la porte. Désespéré, Pablo Vicario lui fendit le ventre d'une entaille horizontale et la masse entière des intestins affleura avec un bruit d'explosion. Pedro Vicario se préparait à l'imiter, mais l'horreur fit dévier sa lame qui s'égara dans une des cuisses. Santiago Nasar resta encore un instant appuyé contre la porte, puis il vit ses entrailles, propres et bleues, pendre au soleil, et tomba à genoux.

Après l'avoir cherché à grands cris à travers les chambres, en entendant, venus on ne savait d'où, d'autres cris qui n'étaient pas les siens,

Placida Linero alla jusqu'à la fenêtre donnant sur la place et vit les frères Vicario qui couraient vers l'église. Yamil Shaïum les talonnait, armé de son fusil à tuer les tigres, et suivi d'autres Arabes aux mains vides, et Placida Linero pensa que le danger était écarté. Elle sortit alors sur son balcon : à ses pieds, devant la porte, Santiago Nasar, à plat ventre dans la poussière, essayait de se relever de sa mare de sang. Il se redressa en se penchant sur le côté et se mit à marcher comme un halluciné, en retenant avec ses mains ses tripes qui pendaient.

Il parcourut plus d'une centaine de mètres, pour faire le tour complet de la maison et entrer par la porte de la cuisine. Il eut encore assez de lucidité pour ne pas suivre la rue, qui constituait le trajet le plus long, mais pour passer par la maison voisine. Poncho Lanao, son épouse et leurs cinq enfants n'étaient pas au courant des événements qui venaient de survenir à vingt pas de leur porte. « Nous avions entendu les cris, me dit la femme, mais nous pensions que c'était la fête de l'évêque. » Ils allaient prendre leur petit déjeuner quand ils virent entrer Santiago Nasar baigné de sang et qui portait dans ses mains la grappe de ses entrailles. « Ce que je n'ai jamais pu oublier, m'a dit Poncho Lanao, c'est la terrible odeur de merde. » Mais Argenida Lanao, la fille aînée, m'a raconté que Santiago Nasar marchait avec sa prestance habituelle, d'un pas bien mesuré, et que son visage de Sarrasin aux boucles en bataille était plus beau que jamais. En passant devant la table il leur sourit, puis il traversa les chambres et sortit par l'arrière de la maison. « Nous ne pouvions plus bouger. La peur nous paralysait », m'a déclaré Argenida Lanao. Ma tante, Wenefrida Marquez, écaillait une alose dans sa cour, de l'autre côté du fleuve, elle le vit descendre les escaliers de l'ancien quai en cherchant d'un pas ferme le chemin de sa maison.

— Santiago, mon petit, lui cria-t-elle, qu'est-ce qui t'arrive ?

Santiago Nasar la reconnut.

— On m'a tué, Wene, dit-il.

Il buta contre la dernière marche, mais se releva aussitôt. « Il prit même le soin de secouer d'un geste de la main la terre qui lui collait aux tripes », m'a dit ma tante Wene. Puis il entra chez lui par la porte du fond, qui était ouverte depuis six heures, et s'affala de tout son long dans la cuisine.

TABLE

Dans la collection Les Cahiers Rouges

Paul Alexis, Henry Céard, Léon Hennique, JK Huysmans, Guy de Maupassant, Émile Zola	*Les Soirées de Médan*
Lou Andreas-Salomé	*Friedrich Nietzsche à travers ses œuvres*
Joseph d'Arbaud	*La Bête du Vaccarès*
Jacques Audiberti	*Les Enfants naturels* ■ *L'Opéra du monde*
Marguerite Audoux	*Marie-Claire suivi de l'Atelier de Marie-Claire*
François Augiéras	*L'Apprenti sorcier* ■ *Domme ou l'essai d'occupation* ■ *Un voyage au mont Athos* ■ *Le Voyage des morts*
Marcel Aymé	*Clérambard* ■ *Vogue la galère*
Jules Barbey d'Aurevilly	*Les Quarante médaillons de l'Académie*
Charles Baudelaire	*Lettres inédites aux siens*
Bayon	*Haut fonctionnaire*
Hervé Bazin	*Vipère au poing*
Béatrix Beck	*La Décharge* ■ *Josée dite Nancy* ■ *L'enfant chat*
Jurek Becker	*Jakob le menteur*
Max Beerbohm	*L'Hypocrite heureux*
Louis Begley	*Une éducation polonaise*
Julien Benda	*Tradition de l'existentialisme* ■ *La Trahison des clercs*
Yves Berger	*Le Sud*
Emmanuel Berl	*La France irréelle* ■ *Méditation sur un amour défunt* ■ *Rachel et autres grâces*
Emmanuel Berl, Jean d'Ormesson	*Tant que vous penserez à moi*
Tristan Bernard	*Mots croisés*
Princesse Bibesco	*Catherine-Paris* ■ *Le Confesseur et les poètes*
Ambrose Bierce	*Histoires impossibles* ■ *Morts violentes*
Lucien Bodard	*La Vallée des roses*
Alain Bosquet	*Une mère russe*
Jacques Brenner	*Les Petites filles de Courbelles*
André Breton, Lise Deharme, Julien Gracq, Jean Tardieu	*Farouche à quatre feuilles*
André Brincourt	*La Parole dérobée*
Charles Bukowski	*Au sud de nulle part* ■ *Factotum* ■ *L'amour est un chien de l'enfer* ■ *Contes de la folie ordinaire* ■ *Journal d'un vieux dégueulasse* ■ *Le Postier* ■ *Souvenirs d'un pas grand-chose* ■ *Women*

Anthony Burgess	*Pianistes*
Michel Butor	*Le Génie du lieu*
Erskine Caldwell	*Une lampe, le soir…*
Henri Calet	*Contre l'oubli* ■ *Le Croquant indiscret*
Truman Capote	*Prières exaucées*
Hans Carossa	*Journal de guerre*
Blaise Cendrars	*Hollywood, la mecque du cinéma* ■ *Moravagine* ■ *Rhum, l'aventure de Jean Galmot* ■ *La Vie dangereuse*
Paul Cézanne	*Correspondance*
André Chamson	*L'Auberge de l'abîme* ■ *Le Crime des justes*
Jacques Chardonne	*Ce que je voulais vous dire aujourd'hui* ■ *Claire* ■ *Lettres à Roger Nimier* ■ *Propos comme ça* ■ *Les Varais* ■ *Vivre à Madère*
Edmonde Charles-Roux	*Stèle pour un bâtard*
Alphonse de Châteaubriant	*La Brière*
Bruce Chatwin	*En Patagonie* ■ *Les Jumeaux de Black Hill* ■ *Utz* ■ *Le Vice-roi de Ouidah*
Jacques Chessex	*L'Ogre*
Hugo Claus	*La Chasse aux canards*
Emile Clermont	*Amour promis*
Jean Cocteau	*La Corrida du 1er mai* ■ *Les Enfants terribles* ■ *Essai de critique indirecte* ■ *Journal d'un inconnu* ■ *Lettre aux Américains* ■ *La Machine infernale* ■ *Portraits-souvenir* ■ *Reines de la France*
Pierre Combescot	*Les Filles du Calvaire*
Vincenzo Consolo	*Le Sourire du marin inconnu*
John Cowper Powys	*Camp retranché*
Jean-Louis Curtis	*La Chine m'inquiète*
Salvador Dalí	*Les Cocus du vieil art moderne*
Léon Daudet	*Les Morticoles* ■ *Souvenirs littéraires*
Edgar Degas	*Lettres*
Joseph Delteil	*Choléra* ■ *La Deltheillerie* ■ *Jeanne d'Arc* ■ *Jésus II* ■ *Lafayette* ■ *Les Poilus* ■ *Sur le fleuve Amour*
Jean Desbordes	*J'adore*
André Dhôtel	*Le Ciel du faubourg* ■ *L'Île aux oiseaux de fer*
Charles Dickens	*De grandes espérances*
Maurice Donnay	*Autour du chat noir*
Alexandre Dumas	*Catherine Blum* ■ *Jacquot sans Oreilles*
Umberto Eco	*La Guerre du faux*
Ralph Ellison	*Homme invisible, pour qui chantes-tu ?*
Oriana Fallaci	*Un homme*
Dominique Fernandez	*Porporino ou les mystères de Naples* ■ *L'Étoile rose*
Ramon Fernandez	*Messages* ■ *Molière ou l'essence du génie comique* ■ *Philippe Sauveur* ■ *Proust*

A. Ferreira de Castro	*Forêt vierge* ■ *La Mission* ■ *Terre froide*
Francis Scott Fitzgerald	*Gatsby le Magnifique* ■ *Un légume*
Max-Pol Fouchet	*La Rencontre de Santa Cruz*
Georges Fourest	*La Négresse blonde suivie de Le Géranium Ovipare*
Bernard Frank	*Le Dernier des Mohicans*
Jean Freustié	*Le Droit d'aînesse* ■ *Proche est la mer*
Max Frisch	*Stiller*
Carlo Emilio Gadda	*Le Château d'Udine*
Matthieu Galey	*Les Vitamines du vinaigre*
Claire Gallois	*Une fille cousue de fil blanc*
Gabriel García Márquez	*L'Automne du patriarche* ■ *Chronique d'une mort annoncée* ■ *Des feuilles dans la bourrasque* ■ *Des yeux de chien bleu* ■ *Les Funérailles de la Grande Mémé* ■ *L'Incroyable et triste histoire de la candide Erendira et de sa grand-mère diabolique* ■ *La Mala Hora* ■ *Pas de lettre pour le colonel* ■ *Récit d'un naufragé*
David Garnett	*La Femme changée en renard*
Paul Gauguin	*Lettres à sa femme et à ses amis*
Maurice Genevoix	*La Boîte à pêche* ■ *Raboliot*
Natalia Ginzburg	*Les Mots de la tribu*
Jean Giono	*Colline* ■ *Jean le Bleu* ■ *Mort d'un personnage* ■ *Naissance de l'Odyssée* ■ *Que ma joie demeure* ■ *Regain* ■ *Le Serpent d'étoiles* ■ *Un de Baumugnes* ■ *Les Vraies richesses*
Jean Giraudoux	*Adorable Clio* ■ *Bella* ■ *Eglantine* ■ *Lectures pour une ombre* ■ *La Menteuse* ■ *Siegfried et le Limousin* ■ *Supplément au voyage de Cook* ■ *La guerre de Troie n'aura pas lieu*
Ernst Glaeser	*Le Dernier civil*
Nadine Gordimer	*Le Conservateur*
William Goyen	*Savannah*
Jean Guéhenno	*Changer la vie*
Yvette Guilbert	*La Chanson de ma vie*
Louis Guilloux	*Angélina* ■ *Dossier confidentiel* ■ *Hyménée* ■ *La Maison du peuple*
Benoîte Groult	*Ainsi soit-elle*, précédé de *Ainsi soient-elles au XXIe siècle*
Jean-Noël Gurgand	*Israéliennes*
Kléber Haedens	*Adios* ■ *L'Été finit sous les tilleuls* ■ *Magnolia-Jules/L'école des parents* ■ *Une histoire de la littérature française*
Daniel Halévy	*Pays parisiens*
Knut Hamsun	*Au pays des contes* ■ *Vagabonds*
Joseph Heller	*Catch 22*

Louis Hémon *Battling Malone, pugiliste ■ Monsieur Ripois et la Némésis*
Pierre Herbart *Histoires confidentielles*
Hermann Hesse *Siddhartha*
Louis Hémon *Maria Chapdelaine*
Panaït Istrati *Les Chardons du Baragan*
Ingres *Ecrits sur l'art*
Henry James *Les Journaux*
Pascal Jardin *Guerre après guerre suivi de La guerre à neuf ans*
Alfred Jarry *Les Minutes de Sable mémorial*
Marcel Jouhandeau *Les Argonautes ■ Elise architecte*
Philippe Jullian, Bernard Minoret *Les Morot-Chandonneur*
Ernst Jünger *Rivarol et autres essais ■ Le contemplateur solitaire*
Franz Kafka *Journal ■ Tentation au village*
Comte Kessler *Cahiers 1918-1937*
Rudyard Kipling *Souvenirs de France*
Paul Klee *Journal*
Jean de La Varende *Le Centaure de Dieu*
Jean de La Ville de Mirmont *L'Horizon chimérique*
Armand Lanoux *Maupassant, le Bel-Ami*
Jacques Laurent *Croire à Noël ■ Le Petit Canard*
Louis-Adhémar-Timothée Le Golif *Cahiers de Louis-Adhémar-Timothée Le Golif, dit Borgnefesse, capitaine de la flibuste*
Paul Léautaud *Bestiaire*
G. Lenotre *Napoléon – Croquis de l'épopée ■ La Révolution française ■ Versailles au temps des rois*
Primo Levi *La Trêve*
Suzanne Lilar *Le Couple*
Malcolm Lowry *Sous le volcan*
Pierre Mac Orlan *Marguerite de la nuit*
Maurice Maeterlinck *Le Trésor des humbles*
Vladimir Maïakowski *Théâtre*
Norman Mailer *Les Armées de la nuit ■ Pourquoi sommes-nous au Vietnam ? ■ Un rêve américain*
Antonine Maillet *Les Cordes-de-Bois ■ Pélagie-la-Charrette*
Curzio Malaparte *Technique du coup d'État*
Luigi Malerba *Saut de la mort ■ Le Serpent cannibale*
Eduardo Mallea *La Barque de glace*
André Malraux *La Tentation de l'Occident*
Clara Malraux *...Et pourtant j'étais libre ■ Nos vingt ans*
Heinrich Mann *Professeur Unrat (l'Ange bleu) ■ Le Sujet!*
Klaus Mann *La Danse pieuse ■ Mephisto ■ Symphonie pathétique ■ Le Volcan*
Thomas Mann *Altesse royale ■ Les Maîtres ■ Mario et le magicien ■ Sang réservé*

Roger Vailland	*Bon pied bon œil* ■ *Les Mauvais coups* ■ *Le Regard froid* ■ *Un jeune homme seul*
Vincent Van Gogh	*Lettres à son frère Théo* ■ *Lettres à Van Rappard*
Giorgio Vasari	*Vies des artistes* ■ *Vies des artistes, 2*
Vercors	*Sylva*
Paul Verlaine	*Choix de poésies*
Frédéric Vitoux	*Bébert, le chat de Louis-Ferdinand Céline*
Ambroise Vollard	*En écoutant Cézanne, Degas, Renoir*
Kurt Vonnegut	*Galápagos* ■ *Barbe-Bleue*
Jakob Wassermann	*Gaspard Hauser*
Mary Webb	*Sarn*
Kenneth White	*Lettres de Gourgounel* ■ *Terre de diamant*
Walt Whitman	*Feuilles d'herbe*
Oscar Wilde	*Aristote à l'heure du thé* ■ *L'Importance d'être Constant*
Monique Wittig, Sande Zeig	*Brouillon pour un dictionnaire des amantes*
Jean-Didier Wolfromm	*Diane Lanster* ■ *La Leçon inaugurale*
Émile Zola	*Germinal*
Stefan Zweig	*Brûlant secret* ■ *Le Chandelier enterré* ■ *Erasme* ■ *Fouché* ■ *Marie Stuart* ■ *Marie-Antoinette* ■ *La Peur* ■ *La Pitié dangereuse* ■ *Souvenirs et rencontres* ■ *Un caprice de Bonaparte*

Cet ouvrage a été imprimé
par CPI Bussière
à Saint-Amand-Montrond (Cher)
pour le compte des Éditions Grasset
en avril 2014

Première édition, dépôt légal : avril 2002
Nouveau tirage, dépôt légal : mai 2014
N° d'édition : 18371 – N° d'impression : 2009689

Imprimé en France

Claude Mauriac *Aimer de Gaulle ■ André Breton*
François Mauriac *Les Anges noirs ■ Les Chemins de la mer ■ De Gaulle ■ Le Mystère Frontenac ■ La Pharisienne ■ La Robe prétexte ■ Thérèse Desqueyroux*
Jean Mauriac *Mort du général de Gaulle*
André Maurois *Ariel ou la vie de Shelley ■ Le Cercle de famille ■ Choses nues ■ Don Juan ou la vie de Byron ■ René ou la vie de Chateaubriand ■ Les Silences du colonel Bramble ■ Tourguéniev ■ Voltaire*
Frédéric Mistral *Mireille/Mirèio*
Thyde Monnier *La Rue courte*
Anatole de Monzie *Les Veuves abusives*
George Moore *Mémoires de ma vie morte*
Paul Morand *Air indien ■ Bouddha vivant ■ Champions du monde ■ L'Europe galante ■ Lewis et Irène ■ Magie noire ■ Rien que la terre ■ Rococo*
Alvaro Mutis *Abdul Bashur ■ La Dernière escale du tramp steamer ■ Le Dernier Visage ■ Ilona vient avec la pluie ■ La Neige de l'Amiral ■ Un bel morir*
Vladimir Nabokov *Chambre obscure*
Sten Nadolny *La Découverte de la lenteur*
V.S. Naipaul *Crépuscule sur l'islam ■ L'Énigme de l'arrivée ■ Le Masseur mystique*
Irène Némirovsky *L'Affaire Courilof ■ Le Bal ■ David Golder ■ Les Mouches d'automne précédé de La Niania et Suivi de Naissance d'une révolution*
Gérard de Nerval *Poèmes d'Outre-Rhin*
Harold Nicolson *Journal 1936-1942*
Paul Nizan *Antoine Bloyé*
François Nourissier *Un petit bourgeois*
Luis Nucéra *Mes ports d'attache*
René de Obaldia *Le Centenaire ■ Innocentines ■ Exobiographie*
Edouard Peisson *Hans le marin ■ Le Pilote ■ Le Sel de la mer*
Sandro Penna *Poésies ■ Un peu de fièvre*
Joseph Peyré *L'Escadron blanc ■ Matterhorn ■ Sang et Lumières*
Charles-Louis Philippe *Bubu de Montparnasse*
André Pieyre de Mandiargues *Le Belvédère ■ Deuxième Belvédère ■ Feu de Braise*
Raoul Ponchon *La Muse au cabaret*
Henry Poulaille *Pain de soldat ■ Le Pain quotidien*
Bernard Privat *Au pied du mur*
Annie Proulx *Cartes postales ■ Les Pieds dans la boue ■ Nœuds et dénouement*
Marcel Proust *Albertine disparue*

Raymond Radiguet	*Le Diable au corps suivi de Le bal du comte d'Orgel* ■ *Les Joues en feu*
Charles-Ferdinand Ramuz	*Aline* ■ *Derborence* ■ *Le Garçon savoyard* ■ *La Grande peur dans la montagne* ■ *Jean-Luc persécuté* ■ *Joie dans le ciel*
Paul Reboux, Charles Muller	*A la manière de...*
Jean-François Revel	*Sur Proust*
André de Richaud	*L'Amour fraternel* ■ *La Barette rouge* ■ *La Douleur* ■ *L'Etrange Visiteur* ■ *La Fontaine des lunatiques*
Rainer-Maria Rilke	*Lettres à un jeune poète*
Christine de Rivoyre	*Boy* ■ *Le Petit matin*
Marthe Robert	*L'Ancien et le Nouveau*
Christiane Rochefort	*Archaos* ■ *Printemps au parking* ■ *Le Repos du guerrier*
Auguste Rodin	*L'Art*
Daniel Rondeau	*L'Enthousiasme*
Henry Roth	*L'Or de la terre promise*
Jean-Marie Rouart	*Ils ont choisi la nuit*
Mark Rutherford	*L'Autobiographie de Mark Rutherford*
Maurice Sachs	*Au temps du Bœuf sur le toit*
Vita Sackville-West	*Au temps du roi Edouard*
Robert de Saint Jean	*Passé pas mort*
Sainte-Beuve	*Mes chers amis…*
Claire Sainte-Soline	*Le Dimanche des Rameaux*
Peter Schneider	*Le Sauteur de mur*
Leonardo Sciascia	*L'Affaire Moro* ■ *Du côté des infidèles* ■ *Pirandello et la Sicile*
Jorge Semprun	*Quel beau dimanche*
Victor Serge	*Les Derniers temps* ■ *S'il est minuit dans le siècle*
Friedrich Sieburg	*Dieu est-il Français ?*
Ignazio Silone	*Fontarama* ■ *Le Secret de Luc* ■ *Une poignée de mûres*
Alexandre Soljenitsyne	*L'Erreur de l'Occident*
Osvaldo Soriano	*Jamais plus de peine ni d'oubli* ■ *Je ne vous dis pas adieu...* ■ *Quartiers d'hiver*
Philippe Soupault	*Poèmes et poésies*
Roger Stéphane	*Chaque homme est lié au monde* ■ *Portrait de l'aventurier*
André Suarès	*Vues sur l'Europe*
Pierre Teilhard de Chardin	*Ecrits du temps de la guerre (1916-1919)* ■ *Genèse d'une pensée* ■ *Lettres de voyage*
Paul Theroux	*La Chine à petite vapeur* ■ *Patagonie Express* ■ *Railway Bazaar* ■ *Voyage excentrique et ferroviaire autour du Royaume-Uni*
Mark Twain	*Quand Satan raconte la terre au Bon Dieu*